U-15
サッカー日本代表だけど
部活は幼馴染と
マイヨ
Illust. 細居美恵子

Takebe Mio
竹部未央
Senzaki Asuto
仙崎明日斗
Mr.Kitou
鬼頭先生
Nakagawa Ouji
中川王司

Yasiki Souta
屋敷聡太
Kamiya Amahiko
神谷天彦
Sasaki Seiya
佐々木誠也
Shimizu Saya
清水沙耶

そこに居たのは、
4人の高校生と思しき大柄な男達であった。

「……この人達は？」

「うちのサッカー部のOBの先輩方だ。今も高校のサッカー部で活躍なさっているんだ」

「もしかして、この先輩方がさっき言っていた助っ人か？」

U-15
サッカー日本代表だけど
部活は幼馴染と
一緒の文芸部です
マイヨ
Illust 細居美恵子

口絵・本文イラスト：細居美恵子

Contents

U-15 sakka- nihon daihyo dakedo
bukatsu ha osananajimi to issyo no bungeibu desu

幼馴染との再会

中学3年の春。

俺《おれ》、仙崎明日斗《せんざきあすと》は中学校の始業式に赴《おもむ》いていた。

中学3年生の始業式なんて、本来なら最上級生で緊張《きんちょう》感なんて皆無《かいむ》だが、俺にとっては新鮮《しんせん》だった。

なぜなら、俺は今日から新しい学び舎《や》に通う転校生なのだから。

転校の経験は2回目だが、今回は初回の頃《ころ》より随分《ずいぶん》と気楽だ。

というのも、今回は転校と言っても、元の町に帰ってきた形だからだ。

小学3年生の春から、親の転勤に伴《ともな》い、隣県《りんけん》の静岡《しずおか》県へ家族で引っ越《こ》した。

転校なんてイベントが、まさか自分の身に降りかかるなんて、当時の俺は思ってもいなかった。

小学2年生の修了《しゅうりょう》式の前日に、転校する俺のお別れ会がクラスで開かれた。

「手紙書くからな」

「離《はな》れてても俺らずっと友達《ともだち》だからな」

そんな感動の別れをクラスメイト達と演じた末に別れた。

転校当初は里心もあり、かつてのクラスメイト複数人と結構手紙のやり取りを交《か》わしていた。

けど、新生活や、転校先で新しい交友関係も出来て、日々の忙《いそが》しさの中で徐々《じょじょ》に文通は途絶《とだ》えていった。

ただ一人を除いて。

「明日斗元気ですか？　こちらはそろそろ新緑の時期です。私は青々としたこの景色が好き」

「明日斗久しぶり。私は炬燵《こたつ》で丸くなってます」

幼馴染の竹部未央《たけべみお》との文通は他愛《たわい》もない近況《きんきょう》報告の内容が多かったが、季節が変わる毎《ごと》に手紙が届く。

その適度な頻度《ひんど》が良かったのか、不思議と俺も手紙を返し続けた。

楽しいことも辛《つら》いことも、手紙には何故《なぜ》かありのままで綴《つづ》ることが出来た。

「今度の春から、そっちの中学に通うことになった」

「始業式始まる前に校門で待ち合わせしよ」

唯一《ゆいいつ》だが、事前に転校することを伝えられる相手がいるというのは、1回目の転校にはなかったことであり、転校の不安な気持ちを和《やわ》らげてくれた。小学3年生から中学2年生が終わるまで。その間、一度も会っていない未央との待ち合わせ。

もはや顔もおぼろげにしか思い出せないし、そもそも成長に伴って、お互《たが》い顔も背格好《せかっこう》も大きく変わっている。

よく考えたら、携帯《けいたい》の番号を事前に交換《こうかん》しておくべきだった。

何年も文通しておいて、なぜだか不思議とそういう話にはならなかった。

まぁ、今時、手書きで手紙を書くというのが何だか新鮮で、俺もこれでいいかと思ってたんだけど。

そんなことを思いながら校門の前に立っていると、

「明日斗……？」


声をかけられた方を見ると、黒髪《くろかみ》ロングの髪がなびいていた。

学生カバンを握《にぎ》って息を弾《はず》ませた少女は、ここまで走ってきたのだろう。

少女はうっすら上気して、汗《あせ》を気にするように前髪をたくし上げた。


「未央……か？」


「うん！　久しぶり！　大きくなったね明日斗」

「そりゃ小学生の頃と比べればな」

「お互い歳《とし》を取ったのぅ……」

「これから青春真《ま》っ盛《さか》りのＪＣが何言ってんだ」

数年ぶりに顔を合わせたというのに、軽妙《けいみょう》なやり取りになるのは、幼馴染として一緒《いっしょ》にいたことと、手紙でのやり取りがその後も続いたからなのか。

「本当は、私が明日斗の家に迎《むか》えに行って一緒に学校行きたかったんだけどなぁ」

「すまんな。昨日までクラブ遠征《えんせい》だったから、俺だけついさっき、こっちに着いたんだよ」

そう言いながら、肩《かた》からさげた通学カバンにしては大きいボストンバッグを叩《たた》いてみせる。

ここで、なぜか未央は困ったような顔をする。

「……明日斗。こっちでも、その設定でいくの？」

「は？　設定？」

「なんかサッカーで凄《すご》いクラブに所属してるだとか、日本代表に呼ばれたとか」

「手紙にも書いてたろ？　俺、今J1クラブチームのジュニアユースにいるって」

「うーん、距離《きょり》が離れてることをいいことに、手紙にはないことないことホラ吹《ふ》いてるのかと思ってた」

「ひでぇ！」

「だって明日斗、こっちにいる時はサッカー習ってなかったじゃない」

「サッカーは向こうに転校してから習い出したからな」

静岡県は、有名なサッカー王国の県だ。

集団スポーツなら転校先でもすぐに友達が出来るのではと考えたうちの親が、転居と同時に、近くのサッカークラブに俺を入団させたのだ。

何も下調べしていなかったが、俺の入団したジュニアクラブは結構強くて有名なところだった。

そこでメキメキと頭角を現して活躍《かつやく》した俺は、中学に上がる前に、J1登呂《とろ》ヴィナーレのジュニアユースチームからスカウトされて今に至る。

その辺の変遷《へんせん》や経緯《けいい》も、未央への手紙に書いたはずだが……

「何か絵に描《か》いたようなサクセスストーリーで嘘《うそ》くさいなって思ってた」

「何年も妄想《もうそう》の内容の手紙を幼馴染に送りつけるって、ヤバい奴《やつ》じゃん！」

「どんどん話が大きくなって盛り上がっていくから、明日斗って文才あるなって思ってた」

まさか、未央に妄想だと思われていたとは……

道理で未央からの返信の手紙に、サッカー関連の話題についてほとんど反応がなかったわけだ。

「よく、そんなイタい妄想の手紙を送りつける奴と何年も文通したな」

「そ、それは幼馴染だし。繋《つな》がりを途絶えさせたくなかったし。けど、えぇ～？　サッカーの話ってホントにホントなの？」

「そうだよ。今度、家でメダルや試合のムービーとか見せてやるよ」

「そっか本当なんだ……。となると私の部に明日斗を入れる計画が……」

「ん？　なんだって？」

「あ！　ううん、こっちの話。さ、そろそろクラス発表が掲示《けいじ》される時間だから行こ！」

未央はそう言って、校門をくぐって正面玄関《げんかん》へ向かったので、俺もそれに倣《なら》う。

「えーと、明日斗は……1組。私は……やった！　同じ1組だ」

「未央と同じクラスか。1年間よろしくな」

「うん！　小学校では別クラスだったから初めて一緒だね」

未央が弾《はじ》ける笑顔《えがお》を見せる。

「それにしても、仙崎って苗字《みようじ》、まだ見慣れないね」

「俺もだよ。前は佐藤《さとう》ってありふれた苗字だったからな」

つい先月、俺の母が再婚《さいこん》したのを機に、苗字が変わったのだ。

佐藤は俺が小さな頃に事故で死んだ父の姓《せい》だ。

ちなみに、仙崎の姓は母の元々の姓なので、再婚した義理の父は母の姓にしてくれたのだ。

再婚してくれた義理の父には本当に感謝しかない。

「それにしても、未央。まず最初に俺のクラスを探してくれたんだな。ありがとな」

「ニュヤ⁉ ほ、ほら、明日斗は転校生だから勝手がわからないでしょ？ だから私が手助けしてあげたのだよ」

何だかよくわからない先輩《せんぱい》風を吹かせて、未央はアハハと何かを誤魔化《ごまか》すように笑った。

「俺も未央と一緒のクラスで嬉《うれ》しいよ。一緒のクラスはこれが最初で最後だからな」

「え？ でも、こっちに戻《もど》ってきたんだから、高校もまた一緒になれば……」

先程《さきほど》の弾けたような喜び顔から一転、曇《くも》り顔になる。

「あー、俺は高校になってユースチームに昇格《しようかく》したら、クラブの寮《りよう》に住むことになるからな。高校もクラブが提携《ていけい》してる静岡県の高校に行くことになる」

「え、じゃあこの町にいるのは……」

「中学卒業までの1年間限定だな」

うちのクラブの方針で、親元を離れてチームメイトが一緒に暮らすのは高校生からということになっている。

中学生のジュニアユース世代から寮暮らしをするクラブチームもあるが、相当数のメンバーがジュニアユースからユースに昇格できないという現実から、ジュニアの時代からチームの結束を強くしすぎるのは良くないというのが、うちのクラブの考え方だ。

そのルールのため、俺も寮に入れず、また流石《さすが》に中学生を一人暮らしさせるのはマズイということで、両親と一緒に転居したのだ。

幸いにも、隣県である静岡県へのクラブには、実家からでも問題なく通える距離だったので、退団することはなかった。

「あ、そうだ。俺、転校生だから登校したら、まず職員室に来いって言われてるんだった。じゃあな未央、またクラスでな」

「う……うん」

未央は心ここにあらずという感じだが大丈夫《だいじょうぶ》か？　と俺は思ったが、そろそろ時間が迫《せま》っている。

転校初日から遅刻《ちこく》して、教師の心証を悪くしたくないし、さっさと行こう。

残された未央は、しばし正面玄関で立ちすくんでいた。

「1年間だけ……じゃあ、なりふり構ってなんてらんないじゃない」

未央がボソッと独り言を発すると同時に登校時刻となったことを告げる学校のチャイムが鳴り響《ひび》く。

それはまるで戦いの火蓋《ひぶた》を切るゴングのように、未央には感じられた。

王子様との衝突

「じゃあ転入生を紹介《しょうかい》するぞ。入ってきなさい」

3年1組の担任の先生が教卓《きょうたく》から廊下《ろうか》にいる俺《おれ》に声をかける。

転校は人生2度目だが、この瞬間《しゅんかん》はやっぱり緊張《きんちょう》するな。

「仙崎明日斗《せんざきあすと》です。小2までこっちの小学校に通っていたので、知っている人もいると思います。また仲良くしてやってください。趣味《しゅみ》はサッカーです。よろしくお願いします」

こういう初対面での挨拶《あいさつ》は奇《き》をてらわないのが一番だと、俺は1回目の転校の時に思い知らされている。あれは黒歴史だ……。今でも時々寝《ね》る時、布団《ふとん》の中で思い出してうわぁぁぁ！ってなる。

「今は出席番号順だから、仙崎は窓際《まどぎわ》の列の一番後ろの席だ」

俺の無難な挨拶が終わり、指定された席へ向かう。窓際から2列目の1番前の席の未央《みお》が、微笑《ほほえ》みながら小さく手を振《ふ》ってくる。

俺の緊張を解《ほぐ》そうとしてくれているのか、ありがたい限りだ。俺も無言で微笑みながら小さく手を振り返す。

その時、何故《なぜ》かクラスがざわめいた気がしたが何なんだろう？　俺は構わず目的の自分の席へ向かうが、ふと視界の中に動くものが映り込《こ》んだ。

俺の席の斜《なな》め前の席の男子生徒が、左足を目一杯《めいっぱい》、机と机の間の通り道に伸《の》ばしてきた。足を伸ばしたタイミングは、俺を転ばそうとするのにバッチリのタイミングだった。


ガッ！


「ぐっ⁉」

「ああ、すまん」

苦悶《くもん》の声を上げたのは、足を伸ばした生徒の方だった。

足のすねを押《お》さえて痛そうにしている。

俺を転ばせるために足を硬直《こうちょく》させていたのが災《わざわ》いして、俺の足とぶつかった衝撃《しょうげき》をモロにすねで受けてしまったのだろう。俺の方は何も痛くない。

相手が痛がっているので、一応儀礼《ぎれい》的に軽く謝《あやま》っておいて、さっさと自分の席についた。

心なしか、さっきよりクラスがざわついているようだ。

周囲からは、

「あの転入生終わったな」

「転入初日から王子様に目をつけられるとか前途多難《ぜんとたなん》だな」

「いいじゃん。いい生贄《いけにえ》役ができて」

と、ヒソヒソ声が聞こえる。

転校初日だから、状況《じょうきょう》がいまいち掴《つか》めないな。

後で、未央に聞いてみるかと思っていると、そろそろ始業式だから廊下に背の順で並びなさいと、担任教師から指示があったので、皆《みな》そそくさと席を立った。


退屈《たいくつ》な始業式は滞《とどこお》りなく進行した。

校歌斉唱《せいしょう》は、今日初めてこの学校の校歌を聞いたので、口パクで誤魔化《ごまか》した。

始業式が終わり帰ろうとすると、担任の岡部《おかべ》先生から、職員室に来るように言われた。

転入関係の手続きかと思い出向いたが、職員室の応接コーナーに通される。

目の前には、先程《さきほど》俺の足を引っ掛《か》けようとした男子生徒と、色黒のガッシリしたジャージ姿の男性教師が、対面のソファに座《すわ》っていた。

「困りますなー岡部先生。あなたのクラスの生徒が中川《なかがわ》に危《あや》うく怪我《けが》をさせる事態になるとは。彼《かれ》はうちのサッカー部の主将でエースなんですぞ」

「はい……すみません鬼頭《きとう》先生」

俺の隣《となり》の椅子《いす》に座る岡部先生が、小さくなっている。

「中川は2年生で県選抜《せんばつ》のセレクションに招集される逸材《いつざい》ですぞ。今年は県選抜メンバー入り間違《まちが》いなしなんだ。もしくだらないことで怪我をしてしまったら顧問《こもん》として、私も黙《だま》っていませんよ」

クドクドと鬼頭とかいう先生が岡部先生に苦情を言いたてる。

スミマセン、スミマセンと岡部先生はしきりに頭を下げている。しかし、ペコペコと気安く頭を下げている姿は、何だか謝り慣れているような感じがして、かえって相手をヒートアップさせているようだ。

しかし、都道府県選抜か。

ナショナル選抜メンバーの俺は自動的にメンバー入りしてるから、都道府県選抜のセレクションについてはよく知らないんだよな。

中川とかいう選手も聞いたことないし……

ああ！　選抜のセレクション、つまりは選考会に呼ばれただけだから、選抜メンバーには選ばれてないのか。じゃあ俺と接点はないな。

「ともかく！　今回は、転入生ということで大目に見て、本人が謝罪するなら許すとしましょう」

ハイハイと何度も頷《うなず》きながら、岡部先生は俺に視線を向ける。とっとと終わらせたいという感情が表情からダダ漏《も》れだ。

「話はこれで終わりですね。じゃあ失礼します」

俺は、そんな岡部先生の内心なんぞ知ったことではないので、とっとと退散しようと席を立つ。

他の3人は、俺の言っている言葉の意味がわからず虚《きょ》をつかれて一瞬固まっていたが、俺が席を立って職員室を出ていこうとすると、慌《あわ》てて岡部先生が追いかけてきた。

「ちょっと！　仙崎。今の話、聞いてたか？」

「聞いてましたよ」

「じゃあ何で帰ろうと……」

「既《すで》に謝罪はしてますから。そうだよね？　えーと、中川くんだっけ？」

俺が聞くと、中川くんはワナワナ身体《からだ》を震《ふる》わせている。

「ぶつかった直後に言った、あれを謝罪と言いたいのか？　お前は」

「そもそもあれは、君の方が悪いだろ」

転入生にちょっかいを出そうとして自爆《じばく》して、挙げ句に顧問の先生に嘘《うそ》の告げ口をするとかダサ過ぎだろと言いかけたが、流石《さすが》に転入初日から口が悪すぎるか？　と思い、口には出さない大人の対応をした。

「仙崎、ちゃんと大人の対応をだな……」

「十分してると自負してますが」

事実を捻《ね》じ曲げて、謝らせやすい奴《やつ》を謝らせて、事《こと》を収めようとするのは、大人の対応とは言えない。

この岡部とかいう教師も駄目《だめ》だな。

「君はサッカーが趣味なんだろ？　だったらサッカー部顧問の鬼頭先生や主将の中川くんにはキチンと誠意をもって謝った方がいいだろ」

「ほう、サッカー部に入部希望か。この転入生は」

ニチャアという音が聞こえてきそうな、嫌《いや》らしい口元で、サッカー部顧問の鬼頭は笑《え》みを浮《う》かべながら笑った。

まるで相手の致命《ちめい》的な弱点を見つけたとでもいうような顔だ。

「真摯《しんし》に謝ることが出来ない生徒をサッカー部に迎《むか》え入れるわけにはいかんな」

「うちのサッカー部は強豪《きょうごう》ですからね。主将として、人間性に問題のある者の入部は認められないですね」

鬼頭と中川は、まるで自分達が相手の生殺与奪《せいさつよだつ》の権利を握《にぎ》った上位者のような、余裕《よゆう》の態度と物言いで言い放った。

「ほら、早く謝っちゃおう。仙崎くん」

岡部が何故か、少し嬉《うれ》しさが滲《にじ》んだ顔で俺に謝罪を促《うなが》す。

上手《うま》いこと俺に謝らせる口実を見つけられたことに安堵《あんど》しているのだろう。

初対面だが、どんだけこの人は顔色が読みやすいんだ。

「俺から謝罪する必要はないです。失礼します」

3人の期待に反し、そう言って俺は再度、職員室の出入り口へ向かう。

「後日、謝罪に来てもサッカー部への入部は認めんぞ！」

「後から泣きついてきても知らないからな！」

チラリと後ろを見ると、紅潮した顔で鬼頭と中川がいきり立っている。岡部は青い顔をしている。

「失礼しました」

俺は怒号《どごう》を背にドアを閉めて、職員室を後にした。

まったく、見当違《けんとうちが》いも甚《はなは》だしい。

俺はそもそもジュニアユースのクラブチームに所属しているので、学校のサッカー部には入部できない決まりだ。

自己紹介で、俺の趣味がサッカーだと話したのを聞いた岡部が早とちりしただけ。

自分が優位な立場にあると勘違《かんちが》いしている中川と鬼頭の二人は、俺からしたら滑稽《こっけい》なものでしかなかった。

しかし、おかしいな……

俺が通っていた静岡《しずおか》の中学では、俺がジュニアユースのクラブチームに入っていることや、サッカーの世代別代表に選ばれていることは把握《はあく》していた。

こういう生徒の特殊《とくしゅ》事情や実績って、転校先の学校に引き継《つ》がれるものなんじゃないのか？　少なくとも担任の岡部は把握していてもいいような気がするが。

まぁ、プロチームのジュニアユースクラブや、ナショナル選抜メンバーである情報が広まったら広まったで、面倒《めんどう》なことにもなったりするので、特に自分からは言わないようにするか。


時は経過して、すべての部活動が終了《しゅうりょう》した夜。

「まったく、何だあの転入生は！　岡部先生も大変ですな！　あんな問題児の担任で」

「は、はい」

生徒達が下校した教員達だけの職員室で、開けっ広げな会話が繰《く》り広げられる。

「転入前の中学校でも、さぞ手を焼いていたんでしょうな」

「え、ええ……そうみたいです」

「前の中学校から送られてきた申し送り資料はどうだったんです？　岡部先生、見せてください」

「あ……今は教頭の方に書類を回しているので手元にないんですよ」

岡部は焦《あせ》ったように答える。

4月の春先だというのに額には汗《あせ》が浮かんでいる。

「問題のある生徒の対応は担任だけでなく、チームで対応が必要ですからね。早目に、他の先生に情報共有しましょう」

「は、はい。書類が戻《もど》ってきたらすぐに」

そう言って、逃《に》げるように岡部は自分の席へ戻っていった。

いくつもの書類やファイルが山積みになって、いくつもの層をなしている自分の机の上を眺《なが》めながら、岡部はしばし呆然《ぼうぜん》とする。

岡部は、仙崎が前に通っていた中学校から送られてきた申し送りの資料を、未開封《みかいふう》のまま紛失《ふんしつ》してしまったことを、まだ職場の誰《だれ》にも言い出せないでいた。

文芸部への入部

理不尽《りふじん》な謝罪要求をはねのけて、俺《おれ》は教室に戻《もど》ってきていた。

今日は始業式のみで半日授業。

放課後にくだらない用事で時間を取られた。

昼食もないから腹ペコだ。

ほとんどの生徒はもう、帰宅してしまっているだろう。

そう思いながら、教室の扉《とびら》を開けると、

「遅《おそ》かったわね」

「未央《みお》、待っててくれたのか。悪いな」

「本を読んでたから問題ないわ」

未央はパタンと手に持っていた文庫本を閉じる。

「先生の用事、随分《ずいぶん》かかったのね」

「ああ、くだらない用事だった」

「……王子様絡《がら》みね」

「王子様？」

「明日斗《あすと》の足を引っ掛《か》けようとした奴《やつ》よ。中川王司《なかがわおうじ》。この学校のスクールカースト トップグループのリーダーよ」

「下の名前の読みがまんま『おうじ』で王子様か。凄《すご》い名前だな」

「本人は気に入ってるみたいだからいいんじゃないかしら」

「未央はよく王子様絡みの話だってわかったな」

「明日斗が吐《は》き捨てるように、くだらない用事って言ってたから、くだらない人絡みだと思ったのよ」

「辛辣《しんらつ》だな」

「それより早く教室を出ましょう」

「ああ、わかった。けど、一つ質問いいか？」

「なに？」

「さっきから、なんでそんな、お堅《かた》いお嬢様《じょうさま》風な話し方なの？」

「早く出るわよ」

未央は俺の問いを無視して廊下《ろうか》の方へ向かった。

「あー、肩《かた》こるわー」

肩をグリングリン回しながら、未央はパイプ椅子《いす》にドッカリと腰《こし》を落とした。

「あ、元の未央に戻った」

「明日斗、ドアの内カギかけといて」

言われた通り、鍵《かぎ》をかけて部屋の中を見回す。

てっきり、下校するものと思っていたが、未央に学内のとある部屋に連れられてきていた。

壁一面《かべいちめん》が天井《てんじょう》近くの高さまである本棚《ほんだな》で、そこはギッシリと本で埋《う》め尽《つ》くされている。

「未央、この部屋って……」

「ようこそ我が城へ」

「何これ、ミニ図書室？」

「文芸部の部室だよ。ちなみに私が部長だよ。エッヘン」

「おー」

パチパチと拍手《はくしゅ》している俺に、未央は得意げに胸を張っている。

「ちなみに俺も、ジュニアユースチームとU－15日本代表チームのキャプテンだよ」

「いきなり桁違《けたちが》いレベルの話でマウント取らないでよ」

別に未央相手にマウントを取るつもりなんてなかったのだが、キャプテンなのは事実なので仕方がない。

「わるいわるい。で、なんで文芸部の部室に俺を連れてきたの？」

「お弁当、一緒《いっしょ》に食べようと思って」

「俺、弁当持ってきてないよ」

「二人分持ってきたから」

「それはありがたい。正直、お腹ペコペコなんだよ」

「ふふふ、育ち盛《ざか》りなんだから、たんと食べんしゃい」

未央がカバンから取り出したのは、2段のお重のお弁当箱だった。

「なんか、お祖母ちゃんみたいなこと言うな」

「失礼なこと言う子には、あげませんー」

「ごめんなさい、ピチピチJCの未央さん。いただきます」

「私も食べよーっと。いただきます」

その後は、二人ともしばらくガツガツとお弁当を平らげていく。

おにぎり、から揚《あ》げ、玉子焼き、地元で採れた野菜の煮物《にもの》など、瞬《またた》く間にお重の中身が消えていく。

「そういえば、教室出る前にも聞いたけど、何でクラスではお嬢様風な喋《しゃべ》り方なの？」

ようやく、空腹で鳴いていた胃袋《いぶくろ》に食べ物を送り込《こ》んでヒト心地《ごこち》ついたところで、俺は再び先程《さきほど》、未央が答えなかった質問を再度投げかけた。

「……あんまり話したくないんだけど、一応理由があるのよ」

「理由って？」

「まず前提の話なんだけど、わ、私って結構モテるのよ」

「あらあら」

「あー！　明日斗ってば、自分で言っててイタい奴だなって思ったでしょ!?」

「思ってない思ってない」

「は～、もう。それで、告白やら言い寄られるやらを断るのに都合がいいから、無機質なお嬢様っぽいキャラで学校では通してるのよ。そしていつしか、周りからは氷の令嬢《れいじょう》って呼ばれるように……」

確かに改めて未央を見ると、黒髪《くろかみ》ロングに小顔な顔は雪のように白い肌《はだ》で、目もパッチリしていて、見た目はたしかに清楚《せいそ》系なお嬢様キャラだ。

氷の令嬢というのは、冷たく男共をあしらう様とこの白い肌が由来なのだろう。

「あー、確かに告白《コクハク》って断る側も結構労力かかるよな」

「そうなのよ。一応、相手のこと調べたり、突然《とつぜん》異性として見てるみたいに言われて困惑《こんわく》したり、怖《こわ》い先輩《せんぱい》だからどう穏便《おんびん》に断ろうかとか悩《なや》んだりね」

「接点ない子からの告白も、君のことよく知らないからとかで断ると、じゃあまずは友達《ともだち》としてとか言ってグイグイ来るパターンも困る」

「そうそう！　先に異性として見てますって宣言されてるのに、まともに友人関係なんて作れないっての」

「そうそう。わかるわ～」

「ねぇ～」

話が盛り上がって、勢いよく喋っていて喉《のど》が渇《かわ》いたのか、未央は水筒《すいとう》のお茶を美味《おい》しそうに飲む。

そして、水筒を机に置いた。

「明日斗、あなたひょっとして、前の中学校でかなりモテてた？」

「え!?　あ～その～～」

「やけに話が具体的だったし、私の苦労話に共感してたし」

突如《とつじょ》として、未央が取り調べをする検察官のように厳しい目を向ける。

「ほら、静岡県《しずおか》ってサッカー熱が凄いだろ？　だからジュニアユースに所属してるってだけで、それなりに……な」

本当はクラブの試合をわざわざ観《み》に来る追っかけみたいな女の子が何人かいたりするのは黙《だま》っておこう。

「じゃあ、向こうに、か、彼女《かのじょ》とかいるの？」

「いや、誰《だれ》とも付き合ってないよ。サッカー忙《いそが》しいからって言って、全部断ってたから」

サッカーが忙しいのは本当だ。

しかし主な理由は、ジュニアユースの先輩で恋愛事《れんあいごと》の影響《えいきょう》で調子やモチベーションを落として、ユース昇格《しょうかく》ができなくて、それじゃあアンタと付き合う価値なしって言われて彼女にも振《ふ》られて、みたいなエグい例を間近で見てたからというのが、俺が色恋《いろこい》に二の足を踏《ふ》んでしまう正直な理由だ。

「ほ～、ふーん。誰ともね……」

未央が明後日《あさって》の方向に顔を向けて、何やら独り言を言っている。

未央が何やらブツブツ言っている間に、俺は残りの弁当を平らげた。

「ごちそうさまでした」

「あ～！　最後のから揚げ私のだったのに！」

「ありゃ、そうだったのか。悪いな」

「許さんぞ～最後のから揚げを奪《うば》った罪は重いぞ～」

「すいません、何かお詫《わ》びを」

「よし、贖罪《しょくざい》として文芸部に入りなさい」

「思ったより罰《ばつ》が重い！」

おどけて未央のおふざけの調子に合わせていたら、思いもかけない話になり俺は驚《おどろ》いた。

「私の文芸部に入るのを罰って言うな！」

「未央が先に贖罪とか言い出したんだろうが」

「まったく。私が部にスカウトするなんて明日斗が初めてなのよ。普段《ふだん》は、下心ありありの入部希望の奴らを片っ端《ぱし》から断ってるんだから。光栄に思いなさい」

「お！　少し、お嬢様モードのスイッチ入れたな」

「恥《は》ずかしいこと言うな、バカ……まぁ冗談《じょうだん》だけどね。明日斗はサッカー部以外、あり得ないだろうし」

「ん？　俺はサッカー部入らないぞ」

「ふへぇ⁉　そうなの？　なんで？」

呆《ほう》けた小さな子供のような顔をした未央に、ジュニアユースだと学校のサッカー部には入れないことの説明をした。

「まぁ、さっき『お前のサッカー部の入部は認めんぞ』って王子様と顧問《こもん》に言われたから、どの道、サッカー部には入れないよ」

「なにそれ？　どういうこと？」

俺は先程の放課後の職員室でのやり取りを未央に話した。

「何それ⁉　あのクソ王子、ダサすぎでしょ」

「まぁ、俺に実害なんてないし」

「それで明日斗は、自分は日本代表じゃボケって言ってやったんでしょ？」

「自分からそんなこと言わないよ」

「は！　やっぱり日本代表なのは明日斗のホラ……」

「だからホントだっての！　ちょっと待ってろ」

俺はカバンからスマホを取り出す。

「うち、学内はスマホ禁止よ」

「バレなきゃいいんだよ」

俺はスマホのブラウザで、前の苗字《みようじ》の佐藤《さとう》明日斗　サッカーとネット検索《けんさく》して未央に見せた。

国際ジュニアの大会で、青い代表ユニフォームを着た俺がゴールを決めた直後の写真入りのネット記事だ。

「ホントなんだ……」

「ようやく信じてくれたな。あ、でも、クラブの公式ホームページ、まだ佐藤姓《せい》のまんまだな。今度、仙崎《せんざき》姓に変更《へんこう》してもらわないと」

「それにしても、なんで先生は知らないのかしら」

「さあ？　でも、代表に招集されたら学校側にも協力要請《ようせい》が連盟から行くから、そのうち否応《いやおう》なく周囲にバレると思う。それまでは気楽な状況《じようきよう》を楽しむさ」

「じゃあ、この学校で明日斗の正体を知ってるのは私だけってことね」

嬉《うれ》しそうに未央は笑った。

感情をあまり表に出さないお嬢様モードの未央より、俺はこっちのコロコロ表情を変える未央の方が好ましく思う。

「ネットで検索されたら一発でバレるぜ」

「理由もなく、ただの同級生の名前をネットで検索なんてしないわよ。明日斗の場合、ちょうど苗字も変わったから余計にわかりにくそう」

言われてみれば確かにそうだな。理由がなければ他人の名前でネット検索なんてしないな。

ちなみに前の中学校では、静岡のサッカー熱が熱い地域柄《がら》が災《わざわ》いし、俺の名前と顔は学内で知れ渡《わた》っていた。

応援《おうえん》や試合の感想で話しかけられるのは嬉しくもあるが、色んな人から話しかけられる煩《わずら》わしさもあった。

「さらに文芸部に入るような、いわゆる陰《いん》キャなら目立たなくて済むんじゃない？」

「さっき勧誘《かんゆう》は冗談だって言ってたじゃないか」

「今度は本気のお誘《さそ》い。それに、うちの学校は必ずどこかの部活に所属しなきゃダメなのよ」

「前の中学みたいに陸上部に籍《せき》を置かせてもらおうかと思ってたんだけど」

「文芸部なら唯一《ゆいいつ》の部員で部長の私に一言言えば、明日斗のサッカーの都合に合わせて活動日を調整できるわよ」

「それは気が楽だな」

「それに……」

未央は少し恥ずかしそうに頬《ほお》を染めながら、

「学校で私と二人きりでいられる場所が出来るよ」

二人きりというところを強調して未央は、真《ま》っ直《す》ぐ俺の目を見て言った。

「確かに学内に自分達専用の溜《た》まり場が出来るのはいいな」

「溜まり場って言うと、なんだか悪いことしそうね」

「悪いことって例えば……」

「エッチイのは、まだ早いからね！」

「スマホ弄《いじ》ったり……と言おうとしたんだが」

「んぐぅ！」

未央は机の上に顔を突《つ》っ伏《ぷ》した。

「よし、じゃあ居心地も良さそうだし入部させてもらうよ」

「ホント⁉　やったー！　じゃあ、入部届書いて」

嬉々《きき》として書類をガサゴソと探す未央を見て　俺の方も何だか嬉しい気分になった。

氷の令嬢の正体

「おはようございます！」

始業式の翌日の朝。

ようやく朝食を食べ終えて、自室でモソモソと制服に着替《きが》えているところに、玄関《げんかん》から元気な声が聞こえてきた。

そしてバタバタと階段を上ってくる音が聞こえてきた。

「おはよう明日斗《あすと》」

「あっぶな！」

俺《おれ》はドアが開く寸出のところで、穿《は》きかけていたズボンを腰《こし》の高さにまで上げる。

「未央《みお》。流石《さすが》にノックくらいしてくれ」

「あらあら。お兄ちゃんったら、お年頃《ごろ》なのね」

「うちは一人っ子だ」

「これから毎日、これくらいの時間に迎《むか》えに来るからね」

「一緒《いつしよ》に登校するのは既《すで》に決定事項《じこう》なわけね」

「そうで〜す。部長命令で〜す」

「部長って大変なんですね」

「あれ、そういえばトロフィーやメダルが全然飾《かざ》ってないね」

未央はキョロキョロと部屋の中を見回す。

「数が多くて溢《あふ》れかえっちゃって飾るスペースがないから、ほぼ押入《おしい》れに入ったままだ。あとトロフィーや盾《たて》って、飾っておくと結構ホコリが溜《た》まりやすいんだよ」

「でも、これは飾ってるのね」

「まぁ、これは特別だからな」

そう言って、俺はクラブのユニフォームと日本代表ユニフォームが飾ってある壁《かべ》を見やる。

「私、昨夜動画サイト漁《あさ》ってみたけど、明日斗、本当に凄《すご》い選手なのね。コメント欄《らん》もみんな褒《ほ》めてたよ」

「ようやく信じてくれたか」

「いや〜、人は見た目によらないね」

「あれ？　俺、朝一でほんのりディスられてる？」

息のあった漫談《まんだん》をしながら、俺達《たち》は階下へ下りていく。

「あなた達、何年も離《はな》れてたのに本当に仲が良いわね」

「晴子《はるこ》さん。お邪魔《じやま》しました」

「母さん。勝手に未央を俺の部屋へ入れさせるなよ」

「なら、明日斗が先に未央ちゃんを毎朝迎えに行くことね」

飄々《ひょうひょう》とした顔で、俺の母はいってらっしゃいと手をヒラヒラさせる。俺が朝に弱いのを知ってて言ってやがるな。


「中学、そこそこ近いから助かるな」

未央と連れ立って歩きながら、俺は彼女に話しかける。

「その代わり、学区別れで、同じ小学校出身の人はほとんど別の中学校だけどね」

「え⁉ そうなの？」

「私達以外にもう二人、この中学に通うはずだったんだけど、二人とも私立中学に行ったわ」

「じゃあ未央も知り合いゼロで中学入学だったのか。実質、転入生みたいなもんじゃん」

「あれは不安だったわ。そして様子見してたら、氷の令嬢と呼ばれるように……」

「未央も苦労したんだな」

周りに知り合いが誰《だれ》もいない集団に飛び込《こ》んでいくのって、子供にとってはかなり一大事だからな。

「当時は、割と本気で明日斗との文通を、生きる心の支えにしてた」

そういえば、中学に入った辺りに来てた手紙は少し疲《つか》れてるみたいなことが書いてあったような。

「けど、明日斗がサッカーで何か凄いクラブに入れて毎日楽しいとか、世界大会でフランスに行ったよみたいな手紙が来て、私も頑張《がんば》らなきゃと思ったのよ」

「そっか……」

俺のただの近況《きんきょう》報告が、そんな風に未央の心の支えになっているとは思わなかった。

「明日斗が、こんな痛……面白《おもしろ》い妄想《もうそう》話を送って私を元気づけてくれるんだから、私も文芸部で面白い小説を書こうって思ったの。まぁ、私には文才なくてすぐ書くのやめちゃったけど」

「そっちの意味かよ！」

「まぁ結果オーライだから良いじゃない。おかげで私は今、元気に明日斗と学校に通えてる。感謝してるんだから」

そう言って、にこやかに笑う未央の顔は、温かなものに包まれたような穏《おだ》やかさを帯びていた。

「あ、そろそろ氷の令嬢モードに入るから、ちゃんと合わせてね」

そろそろ校門が見えてきたためか、未央がスイッチを切り替《か》えるようだ。

「未央の実態を知ってる俺の前でキャラの仮面を被《かぶ》るのって恥《は》ずかしくないの？」

「……正直、むちゃくちゃ恥ずかしいわ」

「もう素《す》でいったらどうだ？」

「中学2年間で染《し》み付いた、もはや習慣だから、一朝一夕《いっせき》では拭《ぬぐ》えないのよ」

物憂《ものう》げな顔で、少し気怠《けだる》げな氷の令嬢の空気を醸《かも》し出す未央を見て、俺は、未央は文芸部ではなく演劇部に入るべきだったのでは？　と思った。

教室に入ると、一瞬《いっしゅん》クラス内が静まり返った。

ああ、有名だという氷の令嬢がクラスメイトなのが、まだみんな慣れていないのだろう。

「じゃあね明日斗。また後で」

先程《さきほど》の元気印なやり取りからは嘘《うそ》のような小さな声で俺に耳打ちし、先に自分の席に座《すわ》る未央。ただし、クラス内がちょうど静まり返っていたため、その声は、教室にいた多くの生徒達の耳に入ってしまっていた。

「氷の令嬢が話してるの、授業で当てられてる以外で初めて聞いた」

「え？　あの転入生、氷の令嬢と知り合い？」

「誰か聞いてみてよ」

「無理だよ。氷の令嬢は言わずもがなで、昨日、王子と揉《も》めた転入生に話しかけてるところ見られたら、仲間認定《にんてい》されて終わるよ」

周囲が何やらヒソヒソ話を忙《せわ》しなくかわしている。

内容まではよくわからないが、こちらが視線を向けると皆《みな》、目をそらす。

うーん。これは1回目の転校の時より、むしろ難易度が上がってる気がする。

1回目の転校の時は小学生だったから、何やかんや、昼休みにドッジボールやサッカーやらで遊んでたら自然と仲良くなっていたもんな。

誰か昼休みにドッジボールにでも誘《さそ》ってみるか？　と自分の席で考えていたら、

「やぁ、仙崎《せんざき》」

「おはよう」

登校してきた王子様が、声をかけてくる。

「どうだ仙崎。一晩経《た》って考えは変わったか？」

人が挨拶《あいさつ》してるのに挨拶を返さないとは、こいつとは仲良くできそうにないな。

それにしても、これが自分が絶対優位に立っていると思いこんでいる人間の顔か。

冷静に観察してみると実に醜《みにく》いもんなんだな。

王子様という渾名《あだな》なだけあって、そこそこイケメンの顔をしてるのに、醜悪《しゅうあく》さが滲《にじ》み出ている。

「サッカー部の入部がどうこうの話か？」

「そうだ。入部するためには」

「必要ない。俺はサッカー部には入らず、別の部に入ることになったからな」

「ふ、ふーん。そうか」

意表を突《つ》かれたのか、王子様は少したじろいだが、すぐに形勢を立て直す。

「所詮《しょせん》はサッカーもお遊び程度の志ということか。気楽なサッカー人生で羨《うらや》ましいよ。俺は、常に県選抜《せんばつ》の重圧にさらされているというのに」

ヤレヤレという感じで、両腕《りょううで》を広げる大袈裟《おおげさ》なボディジェスチャーで呆《あき》れを表現する王子様。

こいつも演劇部に入った方が良いんじゃないかな。

「それで、どこの部に入るんだい？」

「文芸部だ」

別に隠《かく》すことでもないから、俺は素直《すなお》に王子様の問いに答えた。

「は？　文芸部だって!?」

「そうだよ」

何故《なぜ》か、王子様と周りで聞き耳を立てていたクラスメイトまでもがギョッとしている。

「ハハッ……そうか。君は転入したばかりだから知らないんだな」

いち早く、何かに得心がいったという顔で、王子様は諭《さと》すように話し出した。

「文芸部は部員を募集《ぼしゅう》していない。入部届を持って行っても門前払《もんぜんばら》いさ。あそこは部長の竹部《たけべ》さんのお眼鏡にかなわないと入れない。そして、お眼鏡にかなった人間は今までゼロだよ」

「いや、普通《ふつう》に昨日、入部届を書いて未央に渡《わた》したぞ」

「んな⁉　なんて恐《おそ》れ多いことを……まぁ、でもそのまま入部できるとは限らない」

「文芸部に入れ入れって未央がうるさく誘ってきたから、それはないと思うけど」

「さ、さっきからなんだ！　竹部さんを下の名前で呼び捨てにして！　彼女《かのじょ》は我が校の、深窓のかぐや姫《ひめ》だぞ！」

あれ？　氷の令嬢じゃなかったか？

深窓のかぐや姫？

何だか色んな異名があるな。

後で未央をからかってやろうと、未央の席を見やると……アイツいねぇ！

自分の話題に飛び火したから、退散しやがったな。

「未央とは幼馴染《おさななじみ》なんだよ。転校前は小学校が一緒だったんだ」

そこまで説明したところで、始業のチャイムが鳴り、担任の岡部《おかべ》が教室に入ってきた。

その背後に連れ立つようにシレッと、未央が教室に入ってきていた。

幼馴染ちゃん、氷の令嬢やめるってよ

昼休みになって、俺《おれ》は文芸部の部室へ向かった。

未央《みお》から、話は昼休みに弁当を食べながら部室でとスマホにメッセージが来ていたからだ。

お弁当を抱《かか》えて俺が部室に入ると、未央は既《すで》に部室の机に座っていた。

「はー、えらい目にあった」

「人気者は辛《つら》いわね」

「人気があるのは、かぐや姫《ひめ》の方だろ」

「なにそれ？」

「未央の異名の１つだろ」

「いくつかあるみたいだけど、陰《かげ》で言われてるから私自身は知らないのよね」

「苗字の竹部から連想して、竹から生まれたかぐや姫ってのが由来だろうな」

朝の王子様とのやり取りで、俺が未央と親しいということが周りにバレたため、色んな人間が、授業の合間のわずかな休憩《きゅうけい》時間に俺のところに押《お》し寄せてきた。

用件は、俺と未央との関係を問い質《ただ》すものがほとんどだったが、俺の方も幼馴染だとしか答えようがない。

その間、王子様が刺《さ》すような目線で睨《にら》んできていたが、俺は気付かないふりをした。

「なんで、みんな俺に聞いてくるんだ」

「明日斗《あすと》が話しかけやすいからでしょ」

「転校2日目の俺より話しかけにくいのか？　未央は」

「皆《みんな》がビビってるだけよ」

「俺は未央と話すのに何の気兼《きが》ねもなくて、好きなんだけどな」

「ゴッホン！」

未央がお弁当を喉《のど》につまらせたのか、盛大《せいだい》にむせる。

武士の情けで、俺は視線を本棚《ほんだな》の方に移す。

ノンフィクションものからSF、推理小説、はたまたラノベまで、実に多種多様な本が置いてある。

「色んなジャンルの本があるでしょ？」

まだ少し小さな咳《せき》をしながら未央が話しかけてくる。

「ああ。正直まったく手を出してないジャンルもあるな」

「先輩《せんぱい》達が置いていった本も多いわ」

「それでジャンルが色々なのか」

「読書好きは、本の置き場に常に困ってるからね。だから部室に置いておいて、そのまま卒業して行っちゃうのよ」

「何か借りてくかな。ユースのクラブへの移動時間、結構あるからな」

「あ、じゃあこれが私のお薦《すす》めだよ。キュンキュンする恋愛物《れんあいもの》だよ」

未央が本を本棚から抜《ぬ》いて、俺に渡《わた》してくる。

正直、恋愛小説なんて読んだことないが、未央がキラキラした目をしながら渡してくるから、読んでみるか。

「おう、じゃあ読んでみるよ」

「読んだら感想聞かせてね」

「文芸部の活動って、やっぱり本を読むのが主な活動なのか？」

「ここの文芸部はそうだね」

「文芸部って言ったら、作品集の冊子作って文化祭で売るイメージだけど」

「何年か前はやってたみたいだけど、最近は気軽にネットで作品を公開できるから」

「何か文芸部の大会みたいなのはあるのか？」

「一応あるけど……私はいいかな」

体育会系部活とは違《ちが》ってそんなもんかと思いながら、俺も椅子《いす》に座ってお弁当を広げた。

「そういや、王子様の視線が痛いんだけど」

「アイツ、私に言い寄ってきてるからね。しつこくてウザくて仕方ないわ」

「かぐや姫なんだから王子様に無理難題でも吹《ふ》っかけて諦《あきら》めさせたら？」

「軽薄《けいはく》な奴《やつ》に与《あた》えるチャンスなんてないわ」

素知らぬ顔でお弁当を食べ終えた未央は、文庫本を取り出した。

「周りや王子様がうるさいから、教室では俺達《たち》話したりするのやめるか？」

「え？」

　未央が文庫本から顔を上げる。

「このままじゃ、未央のキャラが崩壊《ほうかい》するだろ？」

「そうだけど、私は別に……」

「安心しろ。未央が逃《に》げてる間に、色々聞いてきた奴らには、俺達はただの幼馴染だって言っといたから、その内に騒《さわ》ぎも沈静《ちんせい》化するだろ」

「ただの幼馴染じゃない！」

　バンッ！　と少々乱暴に文庫本を机に叩《たた》きつけながら、未央はいきり立っていた。

「な、何だよ。大きな声出して」

「よし決めた！　今、決めた！　今日から素《す》のキャラで行く！　氷の令嬢も、かぐや姫も、くっだらない！　んなもん、捨てたら～！」

「なんで、そんな急に……」

「明日斗と一緒《いっしょ》にいれる時間は、あと1年間しかないんでしょ？」

「ああ」

「くだらないキャラを守るために明日斗と過ごす時間が短くなるなんて真っ平だわ！」

「お、おお。まぁ、未央が決めたことなら、俺も協力するよ」

　未央の気迫《きはく》に圧倒《あっとう》されながら、俺は賛同の答えを返した。

「ちょ……なんでそんなくっついてるんだ」

「い、いいでしょ。それに協力してくれるって、さっき言ってたじゃない！」

あと5分で昼休みが終わるというタイミングで、文芸部の部室から教室へ戻《もど》る道すがら、未央は俺の左腕《ひだりうで》に自分の腕を絡《から》めていた。

昼休みということもあり、廊下《ろうか》にはたくさんの生徒が歩いている。道行く生徒は、こちらを見てギョッとして驚《おどろ》いている。

「これだと、氷の令嬢イメージの払拭《ふっしょく》は出来るけど、新たな問題が起きるぞ」

これじゃあ、俺と未央が付き合ってるという噂《うわさ》に波及《はきゅう》するのは必至だ。

俺とクラスで話したりするために、何も恋人《こいびと》っぽくする必要はない。対応策として、ちょっと飛躍《ひやく》しすぎだ。

そんなことを未央に諭《さと》そうとしたが、沸《わ》いたヤカンのように湯気が出ていそうなほど顔を上気させて、いっぱいいっぱいな顔をした未央を見ると、今は何を言っても頭に入らないかと俺は諦めた。

ガラッとクラスの教室のドアを開けて中に入る。

そして今回も当然ながら、クラスの空気が凍《こお》る。

「未央、着いたぞ」

未央の席まで来たので、腕を揺《ゆ》する。未央は名残惜《なごりお》しそうな顔で俺の顔を見つめながら、組んでいた腕を解《ほど》く。

「うん。明日斗、帰りも一緒に帰ろうね」

「あ、今日俺クラブ行く日だから無理だわ」

「エエェ！」

「ちゃんと道中に、さっき未央がお薦めしてくれた本読むから」

「むぅ……明日、感想聞かせてもらうからね」

少し拗《す》ねたような声を上げる未央の声が、耳をすましながら聞いているクラスメイト達に、バッチリと届く。

「氷の令嬢、あんな可愛《かわい》い感じだったっけ？」

「幼馴染には心許してるって感じだね」

「いや、あれは完全にメスの顔してたって」

「すました女かと思ってたけど、案外可愛いとこあるじゃない」

ヒソヒソ話をするクラスの女子からは未央のイメチェンは、案外好意的に受け取られているようだ。

問題は男子の方だ。

普段《ふだん》見られなかった、未央の可愛い様子が見て取れたのは良かったのだが、それがポッと出の転入生の俺にだけ向けた態度ということに、嫉妬《しっと》を覚えずにはいられないようだ。

未央のもとを離《はな》れて、自分の席へ向かう間に、殊更粘《ことさらねば》っこい王子様の視線には気付いていたが、俺は意図的に無視した。

◆

「数日ぶりだな静岡《しずおか》県！」

俺は登呂《とろ》ヴィナーレのジュニアユースのクラブハウスの前で伸《の》びをした。

「よ、明日斗。どうだ？　転校して」

「お、聡太《そうた》。遠征《えんせい》ぶりだな。通勤ルートが、前より乗り換《か》えが多くなって大変だよ」

「俺は学校での様子を聞いたんだけどな」

そう言って、同じジュニアユースのチームメイトの、屋敷《やしき》聡太は苦笑《くしょう》した。

「学校いいぞ。今回は俺がジュニアユースってバレてないからな」

「マジか⁉　いいなー。サッカー熱高い静岡県じゃ、黙《だま》ってても絶対バレるからな」

「まぁ、相当なサッカー好きじゃなきゃ、プロチームの下部組織の中学生の選手まで知らないからな」

「静岡県だと同級生は知らなくても、親がサッカーガチ勢で、俺らのことを知ってたりするからな」

「おっちゃん連中からの方が、むしろ女の子からよりサイン求められるよな」

「あるあるだわ」

「その代わりに学校でジュニアユースってバレてるとエグいこともあるんだよな」

「青田買い目論《もくろ》む女の先輩あしらうの大変だったわ。そして、今は後輩《こうはい》からのアプローチがキツイ……色々手を出したら終わるし」

遠い目をする聡太。

聡太も結構イケメンだから、学校では苦労しているようだ。

「サッカー部の先輩に校舎裏に呼び出されたんだろ？」

「あの時は焼き入れられるのかと、ビビりながら行ったら、ただのサッカー談義のお誘《さそ》いでホッとしたわ」

「静岡県民はサッカー熱高くて、基本リスペクトしてくれるから、その点はありがたいよな」

「そっちの県ではどうなの？」

「早速《さっそく》、サッカー部の王子様に目の敵《かたき》にされてるぞ」

「王子様？」

俺は聡太に、転校早々に王子様に絡まれて、サッカー部顧問《こもん》から入部拒否《きょひ》宣言されたことについて、練習用ユニフォームに着替《きが》えながら話した。

「U－15日本代表選手なのに中学校のサッカー部から戦力外通告とか草だわ」

聡太は腹を抱えて笑い転げる。

「俺は笑えたというより呆《あき》れたがな」

「ヤベェおもしれぇ。この話、U－15メンバーのグループチャットに投稿《とうこう》しとくわ」

聡太が笑いすぎて涙《なみだ》を拭《ぬぐ》っている。ちなみに聡太もU－15日本代表の招へいメンバーの常連だ。

「そういえば、そっちの県でU－15のメンバー一人いるじゃん」

「あ？、そうだな。天彦《あまひこ》がいたな。それにアイツはクラブじゃなくて中学部活だったな」

中学部活なら、王子様のことも知ってるかもな。

今度、天彦に連絡《れんらく》して聞いてみるか。

けどな……

「アイツと話してると疲《つか》れるんだよな」

「天彦は明日斗の信者だからな」

俺はため息を吐《つ》くと、コーチ達がピッチに出てきた。

「集合‼」

「「「はいっ‼」」」

俺の掛《か》け声で他のジュニアユース生も、機敏《きびん》な動きで集まってくる。

「本日、U－15生　18名の満《まん》‼　今日もよろしくお願いします‼」

キャプテンの俺の号令でコーチ陣《じん》へ一礼。

練習は短時間集中でやるのが登呂ヴィナ流だ。先程まで軽口を叩きあっていた顔がウソのように、皆真剣《しんけん》な顔つきとなり、目の前の練習に集中した。

スポーツテスト

新学年になって間もない頃《ころ》は、何やかんや行事が重なる。今日のスポーツテストもそうだろう。グラウンドに体操着姿の全校生徒が集まっている。天気は快晴で、この時期にしては少し暑い程度の良い天候だ。

スポーツテストは半日を使って各種の種目を、各会場を全校生徒が回って行う。

種目を行う順番は自由だが、ある程度混み具合が分散するよう、最初の種目を何から行うかはクラスごとに決められている。

我が3年1組は50メートル走からスタートだ。

最初の種目が何かは適当に決められたのだろうから仕方がないことだが、このことを知った俺《おれ》は思わず眉《まゆ》を顰《ひそ》めてしまった。

出来れば、短距離走《たんきょり》は身体《からだ》が温まってから行いたい競技だからだ。

冒頭《ぼうとう》のラジオ体操でしかウォーミングアップが出来ていない状態で短距離ダッシュなんて、足の腱《けん》にトラブルが起きかねない。

別に中学校のスポーツテストなんてくだらないからと、わざと手を抜《ぬ》くなんて考えてはいないが、無用なケガは避《さ》けるべきだ。

50メートル走なら6秒後半台に流す。

この辺りが、足の腱や筋に無理をさせず、かつ手抜《てぬ》きとは疑われない程度のタイムだろう。

順番を待つ間にそう方針を決めた俺に、

「仙崎《せんざき》、勝負をしないか？」

と王子様が絡《から》んできた。

「あ？　勝負ってなんだ？」

俺は心底面倒臭《めんどうくさ》いという気持ちを隠《かく》そうともしない態度で王子様に返答すると、一瞬《いっしゅん》王子様のこめかみがピクピクっと脈打った。

しかし、王子様はすぐに気を取り直して話を続ける。

「スポーツテストの得点さ」

「勝手にすれば？」

俺は積極的な賛成や拒否《きょひ》はしない回答を返した。

こういう手合いは、どうせ勝負を拒否したところで、あの手この手でこちらの点数を覗《のぞ》き込《こ》んでこようと粘着《ねんちゃく》してくるのが関の山だ。

それはウザったらしいので、適当な相槌《あいづち》を打つように、肯定《こうてい》とも捉《とら》えられる回答を返した。

「どちらが上かわからせてやるよ」

王子様は何やら格好《かっこう》つけた口上を述べていたようだが、俺はとっととソッポを向いて無視してしまったので、傍《はた》から見ると、ただの王子様の独り言で終わった。

王子様はマウント取りに必死だが、スクールカーストのトップとして君臨するためには必要だと本人は思っているのだろう。

転入生に舐《な》められたままではいられないということか。

意外と大変なんだな、スクールカーストのトップでいるのって。

そんなことを考えながら俺は、自分の測定の順番が来るギリギリまでアキレス腱や腿上《ももあ》げ、股関《こかん》節《せつ》ストレッチをしていた。

「随分《ずいぶん》と念入りにストレッチするじゃないか。気合いは十分ということかな？」

先程《さきほど》無視されたことにもめげずに王子様は言葉を続けた。

こっちは会話に花咲《さ》かせる気はないと、何故《なぜ》先程の俺の態度から汲《く》み取らずに会話を続けるんだ。

未央《みお》に冷たくあしらわれ続けているのにメゲないメンタルは流石《さすが》である。

「あんたもサッカーやってるならストレッチはちゃんとしとけよ」

王子様に適当に助言しつつ俺は靴《くつ》のカカトが臀部《でんぶ》につくように腿《もも》の前側を伸《の》ばしていると、ようやく俺の順番になった。

係員をしている若手の教諭《きょうゆ》が、走者の準備が出来たことを見て取り、手に持った赤い旗色のフラッグを地面につけるように下げた。

「よ～い……スタート！」

赤いフラッグを素早《すばや》く天に掲《かか》げるように振《ふ》り上げたのを合図に俺はスタートを切った。

短距離走の要素は、スタート時の反応、どれだけ早くトップスピードにまで上げられるかの初速からの加速、トップスピードにまで加速しきった後はその速さを如何《いか》に維持《いじ》するかの3つがポイントだ。

徒競走が遅《おそ》い子は、筋力や体格云々《うんぬん》の問題ではなく、速く走らなくてはと気が急《せ》いて、身体が飛び上がり気味で、結果遅くなるフォームになってしまっている場合が多い。

低い体勢で太ももの大きな筋肉を使って地面を蹴《け》ること、トップスピードに乗ったら後はその状態を維持した方が速いということを意識させると、タイムが良くなったりする。

今日の俺は安全策を取りたいので、スタートと初速の加速については安全マージンに余裕《よゆう》を持つことを意識した。

トップスピードに乗ったら後は、ゴールラインの少し先に目線の焦点《しょうてん》を合わせて走り切る。

ゴールラインを越《こ》えた途端《とたん》に急に減速するのも足に負担を強《し》いて危ないため、ゴールラインを越えてから、駆《か》けるストライドを狭《せば》めていき自然に減速する。

「仙崎明日斗《あすと》くん。タイム6秒4！」

今回の測定はストップウォッチの手動測定だからブレもそこそこあるだろうが、スタートに手を抜いた割には上々のタイムだ。

たしか6秒5を切れば50ｍ走は10点がつくはず。

ゴール側の係員をしている教諭に、記録票を記入してもらっていると、

「「キャアァァアア！」」


と黄色い歓声《かんせい》が上がった。

「中川王司《なかがわおうじ》くん。タイム6秒4！」

俺は歓声をあげるオーディエンスにニコやかに手を振る王子様を横目に、とっとと次の種目へ移動を開始した。

スタスタと記録票を手にその場を離《はな》れていくと、

「おい仙崎。君は何秒だ？」

息を切らせて追いついてきた王子様が話しかけてくる。

ちっ、撒《ま》いたかと思ったのに。

「6秒4」

慇懃無礼《いんぎんぶれい》に聞いてくる王子様に、俺はぶっきらぼうにタイムだけを答えた。

丁寧《ていねい》な言葉遣《ことばづか》いをしない奴《やつ》には、同じテンションで返すのが俺の流儀《りゅうぎ》だ。

「ほう……僕《ぼく》と同タイムとはやるじゃないか。文芸部ではなく陸上部に入ったらどうだい？　僕が特別に口をきいてやろう」

たしかに、俺は前の中学では陸上部に籍《せき》を置かせてもらっていた。

前の中学も部活への入部が必須《ひっす》だったため、便宜《べんぎ》上、陸上部に籍を置かせてもらい、部活動一斉《いっせい》活動日には陸上部の練習に少し顔を出すこともしていた。

先程の短距離走のコツも、陸上部の顧問《こもん》から教わったもので、これはサッカーにも活用できて感謝していた。

しかし、なんで俺が陸上部に入部するのにサッカー部の王子様の口添《くちぞ》えが必要なんだよ。

未央が文芸部への入部希望者を悉《ことごと》く拒否したということも聞いたし、この学校は部活動へ入部する際には他者の推薦《すいせん》が必要なのか？　新中学1年生は果たして入部できるのか？

どうでもいい思考に沈《しず》んで王子様をナチュラルに無視しながら、俺と王子様は次の種目の会場である体育館へ到着《とうちゃく》した。

「え、ここは……」

王子様は俺にまとわりつきながら話しかけていたので、俺が次に行う種目について気付くのが遅《おく》れたようだ。

俺が次にやる種目はシャトルラン。

そう、みんなのトラウマ、あのシャトルランである。

20m間隔《かんかく》の2本の線の間を、単調な音階のBGMのリズムに合わせて走るあの種目だ。あの無機質な繰《く》り返しのBGMと、無慈悲《むじひ》なペースアップは、限界まで走るという性質上苦しい思いをすることが多いので、苦手な人も多いだろう。

俺は下駄箱《げたばこ》で体育館シューズに履《は》き替《か》え、記録票を受付に提出した。

「別に俺と同じ種目をやる必要はないだろ？　きついシャトルランは後に回したらどうだ？」

ここであえて、俺は挑発《ちょうはつ》的に王子様に言葉を投げかけた。

今までの言動から察するに、王子様は相当プライドがお高い。

こう俺が言えば、

「誰《だれ》がきついなんて言ったんだ。さっきの50m走でようやく身体が温まったところさ」

王子様は挑発に乗ってくるとわかっていた。

「そうか。俺達は次の組だな。１００回超《こ》えてるから、前の組もそろそろ終わりだろ」

シャトルランはある程度まとまった人数で行うことが出来て、男女の別や年齢差《ねんれいさ》も関係なく一緒《いっしょ》に行える。シャトルランの徐々《じょじょ》に上がっていくテンポは、年齢や性別によってペースが変えられているわけではなく、皆《みな》同一のテンポで走るペースが上がっていき、ライン間への折り返しが出来なくなる限界を迎《むか》えた回数で記録をとる種目だ。

ゆえに今回のスポーツテストのシャトルランでは、実施《じっし》効率を優先してか、学年も男女も混合で行われる。

男女混合となると中学生男子は女子の目を非常に気にする。「だるい」とか言い訳して、低回数でとっとと終わるということは死んでも出来ないので、男子の記録向上には一役買いそうな仕組みである。

「あら、明日斗もシャトルランなの？」

声の方を振り返ると、長袖《ながそで》長ズボンのジャージを着た未央が、ちょうどシャトルランの受付へ記録票を出しているところだった。

運動のためか、長い髪《かみ》はポニーテールにしている。

「おう、未央。そういうお前も50m走の後、すぐにシャトルランで大丈夫《だいじょうぶ》なのか？」

「面倒《めんどう》なことは先に済ませておく性格なの」

「そういえばそうだったな。ご飯の時、苦手な人参は、いただきますの直後にまとめて口に放《ほう》り込んで、半泣きで頑張《がんば》ってたもんな」

「い、いつの頃の話をしてるのよ、恥《は》ずかしい。それに人参ならもう克服《こくふく》したわよ」

恥ずかしさを誤魔化《ごまか》すように、未央は口元をムッとさせて言った。普段《ふだん》ならポカポカ俺の背中を叩《たた》いて反撃《はんげき》してきそうなものだが、周りに他の生徒がいてまだ氷の令嬢《れいじょう》モードが抜けきれていないためか、リアクションが少し大人しめだ。

「懐《なつ》かしいな、竹部《たけべ》家のご飯。小さい頃はよく御馳走《ごちそう》になったな」

「私も明日斗のお母さんのご飯食べたい。から揚《あ》げが美味《おい》しかったのを覚えてる」

「それを聞いたらうちの母さん、張り切りそうだな。から揚げの時には声かけるように言っておく」

「絶対だからね」

小さい頃は、よくお互《たが》いの家を行き来して遊んだ。

俺が転校したのは小学2年生の終わり頃《ごろ》で低学年だったため、まだギリギリ男女の別なく一緒に遊べていたお年頃だった。

仙崎家も竹部家もそれぞれ子供は一人。

仙崎家では女の子が、竹部家では男の子が物珍《ものめずら》しいため、それぞれの両親からも可愛《かわい》がってもらっていた。

と、昔話に花を咲かせていたら、こちらに視線が集まっていることに気付く。
2、3年生は氷の令嬢が親しげに会話しているという珍しい光景に驚《おどろ》いて、その意外性に釘付《くぎづ》けに、1年生は男女とも「綺麗《きれい》な人だな～」とポーッとした表情で、それぞれ異なる理由からであっだが、未央に見惚《みと》れているという意味では同じであった。

中学生は男女とも成長期で、身体的な差はたった1年2年の差でも大きく隔《へだ》たりがある。

ついこの間までランドセルを背負っていて、買ったばかりの新品の体操服は、これからの成長を見越《みこ》して少々大きめな新1年生にとっては、3年生はあまりに大きく、大人っぽく見えていることだろう。

未央はその最たるものだ。

黒髪でスラっと手脚《てあし》が長く、首の細さが小顔をより強調し、人形のような何かしら作為《さくい》的なものが作用しているのかと疑ってしまうような造形。

俺も幼馴染《おさななじみ》というフィルターごしでなければ、こんな風に未央を客観視することは出来ないだろう。

もしかしたら俺も彼《かれ》らのように見惚れている側で、未央とろくにお喋《しゃべ》りできない関係だったかもしれない。

少女として美しく成長する様を隣《となり》で見ずに、文通だけで済ましていたことが功を奏したと言えるかもしれない。

そういう意味では、中学1年の異性を意識しだす頃から、間近でその美貌《びぼう》の威光《いこう》を浴びてきた奴の執着《しゅうちゃく》というのは、ちょっと計り知れないのかもしれないなとも俺は思った。

すっかりその存在を忘れて未央と俺が喋っていたのが気に食わなかったのか、王子様が唇《くちびる》を噛《か》み締《し》めて俺の方を睨《にら》んでいる。

そのことに俺は内心辟易《へきえき》しながらも、計測の準備が出来たので整列するようにとの係員の教諭の指示に従ってスタートラインについた。

シャトルランは最初はジョギング以下のペースでも間に合うので、会話するのも余裕だ。

「未央、なんで俺の隣で走るんだよ」

「別に身体的な接触《せっしょく》がある種目じゃないからいいでしょ」

「なんか言い方がイヤらしいな」

「文芸部で培《つちか》った語彙《ごい》力の賜物《たまもの》よ」

俺と並走しながら、未央は事もなげに答えた。

たしかに十分に走者の間は空いているから、折り返しの際についつい、隣の走者にぶつかってしまうといった危険性は低いであろう。未央のいる左側は。

「なんか右隣から圧を感じるんだけど」

「さぁ？　私には明日斗しか見えないわ」

「セリフだけ聞くとバカップルみたいだな」

「バ……カ……」

俺の右隣には王子様がピタリとマークするように付いてくる。

いつものどこか軽さを感じる物言いは鳴りを潜《ひそ》めて、俺をじっと凝視《ぎょうし》しながら走っているのは非常にホラーな感じだ。

右手に王子様、左手に氷の令嬢。

なかなか豪華《ごうか》な組み合わせだな。

「あれ？　顔赤いけど未央どうした？」

「……るし……り……」

「ん？　なんて？」

「も……むり……」

「あー、無理はしすぎるなよ」

気付いたら回数のカウントは50回を超えたくらいか。未央はとうに走りながら会話する余裕はなかったというわけだ。

結局、78回で未央は走るのを止《や》めた。

倒《たお》れ込んだりはしていないので、限界ギリギリまで追い込んだわけではないようなので大丈夫か。

横目で未央の様子を見ながら走っていると、カウントは90回を超えた。この辺りからペースがキツくなってくる。

俺達《たち》の組でも残っている人数が少なくなってきた。

持久走とは違《ちが》い、徐々にペースを強制的に上げさせられるのがシャトルランの辛《つら》いところだ。

シャトルランは、いつ終わるともしれない辛苦《しんく》に精神が折れないことと、走力よりもむしろ心拍《しんぱく》管理が重要となる。

自分の最大心拍数を決して越えないようにペースを無駄《むだ》に上げずにいれば、10点到達《とうたつ》回数まで生き残ることはそこまで難しくない。

男子の10点は確か１２０回くらいだったか？

さすがにペースが上がってきて、俺の方も思考する余裕が段々となくなってきた。

１１０回まで到達し、残っているのは俺ともう一人だけになった。

残っているもう一人である王子様は必死の形相で俺に付いてきていた。

王子様は、短距離走ほどシャトルランは得意ではないようだ。

どうやら、俺を良いペースメーカーとして活用して、ひたすら俺のペースに合わせて走るという単純明快な作戦なようだ。

これは王子様にとって正しい選択《せんたく》と言えるだろう。ペースメーカーがいれば、自分でペースを考えたりせずに無心で走ることに集中できる。

まだ俺には心拍にも余裕があるから、ペースアップして王子様のペースを乱して千切ってやろうかしら、というイタズラ心が一瞬胸の内に湧《わ》いたが、そんなことをしても俺にはメリットなんてないし、このままのリズムで連れて行ってやるかと思い直していると、

「ラスト1回！　がんばれ！」


係員の教諭から檄《げき》が飛んだ。ようやく10点の回数に到達するようだ。

周囲の生徒も「がんばれー」と声援《せいえん》を飛ばしている。

(このペースなら問題ないな)

そう思いながら最後のスパンに入ると、突然《とつぜん》王子様がペースアップして俺を追い抜いていった。

ラストスパートかな？　別にこのままのペースでも問題ないのに。

王子様は最後の折り返しラインを越えると、その場に倒れこんで大の字になって体育館の天井《てんじょう》を仰《あお》ぎ見て荒《あら》い呼吸をしている。

「勝っ…………た……」

どうやら俺より先に折り返しラインを越えたことで、王子様の中では勝った認定《にんてい》がなされているようだ。

負けず嫌《ぎら》いというのは、アスリートとしてはプラスに働く心的要素だが、果たしてそのマインドを発揮する場面だったのか？　結果は同じ10点というだけだというのに。

「お疲《つか》れ様、明日斗。さすがね」

「おう、未央お疲れ」

「私は9点だったわ」

「文芸部の割に案外運動できるんだな未央は」

「小さな頃、明日斗に付き合って走り回ってたからね」

「そうだったな、懐かしい。さて、次の種目に行くか」

「明日斗は休憩《きゅうけい》しなくていいの？」

未央は、チラリと大の字になって満足そうな表情でこぶしを天井に突《つ》き上げて悦《えつ》に浸《ひた》っている王子様へ一瞥《いちべつ》をくれてやりながら言った。

「問題ない。ただ、さすがに次はあまりきつくない競技がいいな」

「それは私も一緒の気持ちよ。じゃあ、次はあれにしましょう」

未央が指さしたのは、体育館の隣にある柔道場《じゅうどうじょう》だ。

「上体起こしか。ちょうどいいな」

上体起こしは腹筋以外にも、起き上がりの時にガッチリ固定していた方が腹筋への負担が少なくなるということで太ももの筋肉も使うが、あくまで補助的にしか用いないので、シャトルラン後の種目としては良いかもしれない。

「これも男女混合で出来るわね」

「たしかに、30秒ってルールは男女とも変わらないから一緒に出来るな」

「う、うん……えっと、それで明日斗、その……」

未央がモジモジしながら言いにくそうに、身体を少しくねらせる。

「わかってるよ。皆まで言うな」

「いいの……？」

「ああ。お互いボッチだから足の固定役の相棒は任せたぞ」

上体起こしは足をつかんで固定してもらうのがルールだ。

そもそも補助者なしでやると上手《うま》くできない。

「良かったー。去年と一昨年《おととし》はどうしようかと途方《とほう》に暮れていたのよ」

「その時はどうしたんだ？」

「見かねて、係員の先生が補助員してくれた……」

「なんというか……聞いてゴメンな」

「いいのよ。今年は明日斗がいるし」

遠い目をして1年生、2年生のスポーツテストの頃に思いを馳《は》せる未央へ、俺が出来ることは、今年は遠慮《えんりょ》なく種目に集中させてやれるよう補助してあげることだ。

「ほら、今年は俺がガッチリ掴《つか》んでおいてやるから、積年のうっ憤《ぷん》を晴らせ」

そう言って、俺は柔道場の畳《たたみ》の上に胡坐《あぐら》をかいて、固定役の準備をする。

と、未央は俺の方をジーッと見つめる。

(なんだ？　今さら男の俺に足を掴まれるのが恥ずかしくなったのか？)

しばし、考え込んだ後、未央は無言でサッ！　とジャージのズボンを一気に下ろした。

未央が急にジャージのズボンを勢いよく脱《ぬ》ぎだして俺はついギョッとしたが、ジャージの下にはちゃんとハーフパンツを穿《は》いていた。

そして、未央はさらにジャージの上着のチャックを下げて上着も脱ぎ落とした。

「お……お待たせ」

「き、気合い十分だな」

「シャトルランで暑かったから……」

頬《ほお》を赤らめてのぼせ上がったような顔で未央はそっぽを向きながら、ジャージの上下を脱いだ理由を答えた。

「よ……よし、じゃあやるぞ」

「う……うん」

未央は、腕《うで》をクロスさせて胸の前に置き、膝《ひざ》を90度に曲げて上体起こしの体勢を取る。

俺は未央の足を巻き込むように胡坐をかいて、足と手でガッチリと固定する。

先程、未央がジャージの長ズボンを脱いでハーフパンツなので、否応《いやおう》なく未央の肌《はだ》に直接触《ふ》れる形になってしまう。

いくら幼馴染で、子供の頃には取っ組み合いになることだって日常茶飯事《さはんじ》だったとはいえ、それは小さな頃の話だ。

今の未央の、細身だが女性らしさを感じさせる柔《やわ》らかな肌に触れて、思わず心が乱される。

「明日斗……」

「なに？」

「もうちょっと力入れていいから……というかもっと強めがいいな」

「……わかった。これくらい？」

「ん……そんな感じ」

上体起こしはガッチリ相棒の人に足を固定してもらった方が、力が入りやすい。

反動も使った方がスピードが上がるので、結構ガッチリとホールドしないと、身体が暴れてしまって記録が伸びない。

俺は意を決してギュッと未央の下腿《かたい》部を抱《だ》き込んだ。

普通《ふつう》、思春期の異性との身体的な触れ合いは、手が偶然《ぐうぜん》触れ合ってドキドキみたいな甘酸《あまず》っぱいものが小説やドラマでの定番だが、何だかえらくマニアックなシチュエーションになってしまった。

「開始5秒前！　4、3、2、1、スタート！」

30秒間を測るためのバスケットボールのブザータイマーがブーッ！　と鳴り、上体起こしが始まった。

「ふっ！　ふっ！」

未央はリズム良く上体起こしと仰向《あおむ》けの動作を繰り返す。1秒に1回くらいのペースで回数を刻んでいるので、結構良い記録が期待できそうだ。

と、未央が何回目かに上体を起こしたところで、至近距離で俺とガチッと目が合った。そりゃあ、足を抱《かか》え込んで向かい合っているのだから、視線がかち合うのは至極《しごく》当たり前だろう。

至近距離で顔を合わせた未央は、ボッ！　という音が聞こえてきそうなほど顔全体が上気して、頭上から煙《けむり》が上がっているかと錯覚《さっかく》を覚えるような様であった。

当然、そんな状態でその後の上体起こしが上手くいくわけもなく、無情にも30秒が経過したブザーが鳴った。結局、未央は20回という中途半端《ちゅうとはんぱ》な結果に終わった。

「惜《お》しかったな。当初のペースを保てたら30回はいけただろうに」

足を固定していた手を外しながら、俺は未央の記録票に回数を書き込んだ。

「誰のせいだと思ってるのよ……」

力なく呟《つぶや》きながら、未央はジャージのズボンを穿きだした。

本当に、なんで脱いだんだ？

「じゃあ次は俺の番だな。足の固定よろしく」

「……ぎなさい」

「ん？　なに？」

ジャージのズボンを穿き終えて、ジャージの上着を肩《かた》に羽織った未央が何やら小さな声で何がしか呟いたが、聞き取れなかった。

「明日斗もズボンを脱ぎなさい」

「ええと……この学校は警察官は常駐《じょうちゅう》してはいないんだっけ？」

「なに通報しようとしてるのよ⁉」

「いや、通報はしない。未央を警察に自首させるだけだ」

「同じことじゃない！」

「通報したら未央のお父さんお母さんに俺が顔向けできないだろ。安心しろ、自首なら罪が軽くなるから」

「違うわよ！　私のはそういう邪《よこしま》なものじゃなくて純粋《じゅんすい》な興味というか……その……」

上手い言葉が出てこないようであたふたする未央だったが、

「……ダメ？」

困ったような悲しいような表情でまじろぎながら上目遣《うわめづか》いでこちらを窺《うかが》う未央の眼《め》は、少し潤《うる》んでいた。

女の子の、こういう突発《とっぱつ》の可愛い所作は本当にズルいと思う。

「わかったよ。けど、俺はジャージの下にハーフパンツなんて穿いてないから、これでいいか？」

そう言って、俺はジャージのズボンの裾《すそ》を膝上までたくし上げた。

「わ〜い♪」

久しく会わなかった幼馴染に変な性癖《せいへき》が宿りつつあることに、俺は何とも言えない気分であった。

「あ、別に私は脚フェチじゃないからね。単に、私も恥ずかしい思いしたから、明日斗も平等にって思っただけなんだからね。勘違《かんちが》いしないでよね。等価交換《こうかん》よ等価交換」

俺の表情から心を読んだのか、未央が釘《くぎ》を刺《さ》してきた。

こういう所は流石は幼馴染というところか。

「はいはい」

「それにしても、凄《すご》い脚ね。バッキバキじゃない」

「未央……お前やっぱり……」

「……違うから」

脚フェチ疑惑《ぎわく》が拭《ぬぐ》えない俺の言を未央は即座《そくざ》に否定するが、未央が俺の足を両手両足を使って抱え込んでいる絵面《えづら》もあって、説得力がない。

いや、まぁ上体起こしの固定役をやってくれているのだから、絵面はしょうがないのだが。

「それでは始めまーす。5秒前！　4、3、2、1、スタート！」

開始前の集中なんて一つも出来なかったが、幸い上体起こしはそこまで集中力を要する種目ではない。焦《あせ》ってフォームが崩《くず》れないように、反動も上手く使いながら回数を重ねていく。

息を口から吐《は》きだしながら上体を起こし、息を鼻から吸いながら後ろに倒れる。呼吸でリズムを取るのが上体起こしのポイント……なのだが……

息を吸い始めるのが、ちょうど未央の顔に最も接近した時なのだ。

女の子は良い匂《にお》いがするのは自然の摂理《せつり》。

それを吸い込むことで男の俺が集中を乱すのも、また自然の摂理だ。

あの良い匂いは、髪の毛を発生源として漂《ただよ》ってくるものなのだろうか？

未央もご多分に漏《も》れずというか、人よりさらに綺麗なサラサラなロングの髪なのも、視覚効果との相乗効果でより匂いが脳に直接的に働きかけてくる。

結局、俺も未央と同じく後半にペースを乱され、ギリギリ10点を逃《のが》す結果となった。

「ふぅ……」

「ふぅ……」

種目の記録は微妙《びみょう》な結果で終わったのに、二人ともなぜか満足気な面持《おもも》ちであった。

「明日斗。今後、あなたは体育の授業の時もハーフパンツ禁止ね」

「なんでだ？」

上体起こしが終了《しゅうりょう》して、たくし上げていたジャージのズボンの裾を直していると、未央がまたもや妙《みょう》なことを言ってきた。

「そんなバキバキの脚してたら、サッカーのすごい選手だってバレるでしょ」

「まぁ、一理あるな」

「でしょ？　だから禁止。ま、まぁ私の前でだけならいいけど……」

「てっきり、気になる女の子に短いスカート穿くのは俺の前だけだからなって言う独占欲《どくせんよく》の強い男と同じかと思った」

「えふん！　えふん！　な、何のことかしら～？　私は明日斗がサッカーのジュニアユースや世代別代表の選手だってことを周囲に隠すのを手伝ってあげてるだけだし～？」

「はいはい。けど、脚がバキバキなだけで即《そく》、サッカーの凄い選手だと結びつける人なんていないんじゃないか？」

「まぁそうかもね」

「陸上に自転車、スピードスケートとか。脚の筋肉が発達する競技なんていくらでもあるしな」

「けど、ダメです。その脚は反則でーす。抗議《こうぎ》は以後受け付けませーん。はい、無敵バリア」

「無敵バリアなつかし！　子供かよ。はい、無敵バリアやぶりビーム、ビビビッ！」

「それ反則だって昔から言ってるでしょ〜」

俺と未央は幼馴染特有の昔の思い出話を話題にじゃれ合いながら、上体起こしの会場の柔道場を後にした。

俺も未央も、この時は当然気付かなかった。

男達の嫉妬《しっと》の目線と、微笑《ほほえ》ましいものを見るような女子の視線に交じり、一つ異質な視線が紛《まぎ》れていたことを。

その異質な視線は、俺が柔道場から見えなくなるまで、全身を舐め回すかのようなものであった。

後輩女子に校舎裏へ

スポーツテストはその後、滞《とどこお》りなく終わった。

結局、勝負するだなんだと言っていた王子様だが、終わった後も何も言ってこなかった。

おそらく、シャトルランで体力を使い切り、その後の種目の結果が芳《かんば》しくなかったからだと思われる。

俺《おれ》はスポーツテストの点数、特に走力の点が良かったため陸上部の顧問《こもん》に入部を誘《さそ》われたが、既《すで》に文芸部への入部を決めていると言って断った。文化系の部活に入るということで、陸上部顧問の先生には大層驚《おどろ》かれた。

新年度特有の行事が終わって、ようやく通常営業だ。とはいえ、俺は転校したばかりで、その通常営業のペースを構築するところから始めなくてはならないが、段々と掴《つか》めてきた感じだ。

学校の授業が終わったら真《ま》っ直《す》ぐ帰宅して、クラブの練習のために電車に乗る。

行きの電車に乗っている時間で、まずは宿題を片付ける。下り方面の電車なので座って行けるのがありがたい。

宿題を済ませたら、未央が推薦《すいせん》してくれた本を読む。

流石《さすが》は幼馴染《おさななじみ》というべきか、俺の知らない分野でかつ俺の興味が引かれそうなテーマや舞台《ぶたい》のものを選んでくれている。

俺は最近は本を積極的に読む機会が少なくなってきたが、本を読むことは小さな頃《ころ》から好きだった。

先に文字を読めるようになったのが俺の方だったため、未央によく絵本の読み聞かせをねだられたものだ。

何故《なぜ》か未央が文字を読めるようになった小学生以降も、俺の読み聞かせは続いた。

あれ？　そういえば、未央って国語は苦手だったよな？

漢字が読めないから読んでっていうのが、俺に本の読み聞かせをさせる際の常套句《じょうとうく》だったような記憶《きおく》があるが……

今度、未央に聞いてみよう。

そう考えていると、クラブの最寄り駅に到着《とうちゃく》したので、読んでいた本をエナメルバッグにしまい込《こ》み、俺は電車を降りた。

◆

朝、いつもの通り未央が家に迎《むか》えに来て、一緒《いっしょ》に登校する。

もう登下校の道順は覚えたから、毎日迎えに来なくてもと言ったが、俺の提案は秒であえなく却《きゃっ》下《か》された。

まぁ、一緒に登下校して何か不都合があるわけではないので、大人しく一緒に登校するようにしている。ただ、不意打ちで時たま朝早く来て、部屋をノックもなしに開けるのは止《や》めてほしい。

道中は他愛《たわい》もない話をしながら、校門を抜けて昇降口に到着する。

いつものように下駄箱《げたばこ》に外靴《ぐつ》を入れようとすると、

カサッ

「ん？」

クシャリとした感触《かんしょく》がしたので、下駄箱の奥《おく》を覗《のぞ》き込むと、何か便箋《びんせん》のようなものがあるのが見えた。

すわ一大事。果たし状か？　はたまた嫌《いや》がらせの不幸の手紙か？

陰鬱《いんうつ》な気分で便箋の端《はし》っこを摘《つ》まみながら下駄箱から取り出す。

重さからして危険物の類は入っていなさそうだ。

便箋は、小学生女子に人気の可愛いキャラ物のショッキングパープルの物だった。

そして封蝋《ふうろう》としてピンクのハートのシール。

「あやしい……」

この手の手紙を受け取った経験がなくはない俺は、そのあざとさに警戒《けいかい》感を高めた。

こういう手紙を相手の下駄箱や机の中、果てはカバンの中などに忍《しの》ばせる場合、想《おも》い人以外に見つかることを恐《おそ》れて、比較的《ひかくてき》目立たない物を用いがちなのだ。

さらに、キャラ物の手紙というのは、恋文《こいぶみ》としては今いち本気っぽさが見えない印象になるので用いられない。

便箋の中身を確認《かくにん》すると、

『お話があります。明日の放課後、校舎裏で待っています』

決まりだ。これは罠《わな》だ。

いかにもラブレターとミスリードするように書いて、「そんなわけね〜だろ〜」と陰《かげ》で見ていて笑いものにするという算段だと思われる。

大方、王子様の息のかかった奴《やつ》らの仕業《しわざ》だろう。

ご丁寧《ていねい》に、女子に代筆してもらったのか、かわいい丸文字で書かれていた。

そもそも、転校してきて早々の自分にいきなりラブレターが来るのはおかしい。

俺は別に、思わず見とれてしまうほどのイケメンというわけではない。

サッカーのジュニアユースという要素があってこそ、俺はその手の話がそこそこ来ていたのだ。

自分で言っていて少し悲しくなるが、これが客観的な事実だ。

こんなの無視無視と、便箋ごと握《にぎ》りつぶそうかというところで、追伸《ついしん》の文があることに気付いた。

『P.S.　登呂《とろ》スタジアムのホルモン焼きそば美味《おい》しいですよね』

この追伸は俺にとって無視できない一文であった。

◆

翌日の放課後。

今日は練習場へ学校から直接行くからとか適当な理由をつけて、未央には先に帰ってもらうよう言い含《ふく》めて、俺は校舎裏へ向かった。

事実、放課後に手紙の相手と待ち合わせた後、どういうことになるのかわからないので、今日は練習着やスパイク等の練習用具一式が入ったエナメルバッグで登校していた。

一応、ウソ告白の罠の可能性も頭の隅《すみ》には残しているが、その可能性は低いと考えていた。

どちらにせよ、俺の正体を知っていると相手が仄《ほの》めかしている以上、それを無視するという選択《せんたく》肢《し》は取れなかった。

待ち合わせ場所である校舎裏には、一応は出入りできる門があるが、防犯上の観点から基本封鎖《ふうさ》されているようだ。そのため、人の気配はほぼない。

と思ったが、一人の女子が佇《たたず》んでいた。

木の枝が生《お》い茂《しげ》り薄暗《うすぐら》い空の下、少女がこちらの気配に気付いたのか振《ふ》り返る。

栗色《くりいろ》がかった髪《かみ》を前下がりにカットされたボブヘアで丸眼鏡をかけた制服の少女だった。

「仙崎先輩《せんざきせんぱい》。き、来てくれて、う、嬉《うれ》しいです」

小柄《こがら》で小動物を思わせる雰囲気《ふんいき》の少女は、どうやら下の学年のようだ。少し予想外の大人しい雰囲気の子だ。

緊張《きんちょう》しているのか言葉もたどたどしい。もし仮に恋愛《れんあい》的な意味での告白だった場合、断ったら泣かれてしまって、こちらの罪悪感もひとしおというタイプだろうか。

「俺は君のこと、知らないんだけど」

「し、失礼しました。お手紙にも名前を書いていなかったですね。し、清水沙耶《しみずさや》といいます。2年生です」

小さな身体でお辞儀《じぎ》をしている様は「ピョコッ」という音が聞こえてきそうで、より小動物っぽさを連想させた。

「清水さんね」

「後輩なんですから沙耶って呼び捨てで、だ、大丈夫《だいじょうぶ》です」

「じゃあ沙耶。それで君は……」

「そ、それはさておき。せ、仙崎先輩はあまり時間に余裕《よゆう》がないんじゃないですか？　話は移動中にし、しましょう」

そう言って、沙耶はスタスタと正門の方へ向かって歩いて行った。

時間にあまり余裕がないというのはその通りなので、俺は沙耶の後を黙《だま》ってついて行った。

校門を出て沙耶のすぐ後ろを追いかける形で、俺と沙耶は無言で歩いた。話は移動しながらと言っていたのに、沙耶は話し始めない。

そうこうしている内に、学校の最寄り駅に到着した。

「どうしてここに……」

「あ、あれ？　が、学校から登呂ヴィナーレのクラブ練習場へ行くなら、この経路ですよね？　あ、あ、もしかして今日は他所《よそ》で練習試合？　いや、年間予定表には今日は通常練習の日って書いてあったはず……」

「はぁ……」

俺はため息をついた。

ジュニアユースの公式ＳＮＳに上がっている情報を把握《はあく》しているということは、完全に俺の正体についても割れているということだ。

しかし、無駄《むだ》かもしれないが一応、しらを切ってみる。

「人違《ひとちが》いじゃないか？　登呂ヴィナーレって何のことだ？」

「苗字《みようじ》が佐藤《さとう》から変わっていますが、ジュニアユースの試合を何度も観《み》てる私が、貴方《あなた》のことを見間違うわけありません」

俺がとぼけても、沙耶は淀《よど》みなく否定の言を述べた。

やっぱり無駄なあがきだったか……

俺は正体を誤魔化《ごまか》すことを諦《あきら》めた。

「君は登呂ヴィナーレサポか？」

「は、はい！　観戦席が必要になる小学生からファンクラブ会員です！」

「そりゃ筋金入りだな」

「し、清水家は代々、登呂ヴィナサポになるのが習わ……しなんです」

「いや、代々ってJリーグの歴史からして精々《せいぜい》君が2代目くらいだろ」

「そ、それは言いっこなしですよ。ささ、練習に遅《おく》れちゃいますよ。い、行きましょう」

「って、君もついて来るのか？」

「つ、積もる話は移動中、電車の中でさ、させてください」

「いや、俺の方は別に積もる話は……」

「そ、そうですか……残念です。じゃあ聞いてくれるかわかりませんが、仙崎先輩の凄《すご》さを同級生の皆《みんな》に語り尽《つ》く……」

「そろそろ電車が来る時間だ。ついてこい」

「はい♪」

改札へ向かう俺の後ろを、沙耶は嬉しそうにスキップしながらついて来た。

ヤバいな。先程の沙耶の口ぶりからすると、俺がジュニアユースクラブ所属でU－15代表選手ということは、周囲にはまだ言いふらしているというわけではなさそうだ。

しかし、電車内で話したいこととは一体なんだ？

サインくれ程度なら、わざわざ一緒に電車に乗ってまで話すことではないし……

ともかく相手の話の出方を見て、探《さぐ》るしかないか。そして、それとなく周囲には黙っているように頼《たの》むしかない。

そんなことに頭を巡《めぐ》らせながら、俺は駅の改札でICカード乗車券をピッとタッチして通過していき、沙耶も同じように通過して俺に続く。

乗ろうとしている電車が駅に到着したタイミングで、あわてて紙の切符《きっぷ》を買って改札を抜《ぬ》ける少女がいたことを、俺と沙耶は当然知る由《よし》もなかった。

◆

『登呂駅～登呂駅～お降りの方はお忘れ物のないようお願いいたしま～す』


独特な車掌《しやしよう》さんのアナウンスが、俺達が下車すべき駅に到着したことを告げる。

「それでですね。4－4－2フラットにおける登呂ヴィナの中盤《ちゆうばん》の厚さは～」

もう下車すべき駅なのに、沙耶のマシンガントークが止まらない。

最初のたどたどしい物言いからは打って変わり、サッカーや登呂ヴィナーレの話題になると止まらなくなるという感じで、電車の中ではこちらが話題転換《てんかん》を図《はか》る隙《すき》もありはしなかった。

「沙耶、駅着いたぞ」

「あ、す、すいません。私ったら話に夢中で」

沙耶はピョンッと座席シートから慌《あわ》てて下りる。

「それで、結局沙耶の目的って何だったんだ？」

「も、目的ですか？　あ、あの……」

登呂駅から練習場までの道のりを歩きながら俺が尋《たず》ねると、モジモジと両手を擦《す》り合わせながら言いにくそうにしながら、

「せ、仙崎先輩とサッカーのこと、は、話したくて」

「サッカーのこと語りたいならサッカー部の男子がいるじゃないか」

俺がそう疑問を呈《てい》すると、フルフルッと沙耶は首を横に振った。

「サ、サッカー部の人達と話すの怖《こわ》くて……サッカーの話しようとしても、すぐに、か、彼氏《かれし》はいるのか？　とか、違う話をしだすし……」

たしかに沙耶は小柄で華奢《きやしや》な、男が守ってあげたいと思うようなタイプの女の子だ。

男慣れしてない純朴《じゆんぼく》な優等生っぽい沙耶の雰囲気が、俺様系の男にとっては、たまらなくタイプなのかもしれない。

「わ、私、サッカーで特に戦術面の話が好きで、フォーメーションや監督《かんとく》の哲学《てつがく》とそれを実行する選手の信頼《しんらい》関係とか本当に大好物で」

「うん。沙耶が登呂ヴィナサポであると同時に戦術マニアなんだろうなっていうのは、さっき電車の中で話してて痛いほどわかった」

先程電車の中で沙耶が話していたサッカーの話はかなり高度なレベルの話だったので、ひょっとしたらサッカー部員でも沙耶の話についていけなかったのかもしれない。

「や、やっぱり変ですよね。女の子が話すような話題じゃない……から……」

「いや、純粋《じゆんすい》に驚いた。戦術面の理解なんて、ジュニアユース生でも苦手にしてる奴は多いし、だからチームメイトで色々話し合ったりするんだけど、その時に会話してるのと遜色《そんしよく》がないほど、話の内容のレベルが高かった」

「あ、ありがとうございます。い、今までサッカー談義に付き合ってくれる人が家族以外にいなくて、う、嬉しいです」

「サッカー部のマネージャーになることは考えなかったのか？」

「中学に入学した時に見学に行きましたけど、ここのサッカー部のじ、女子マネージャーに求められてるのは、雑用の処理能力や応援《おうえん》って感じで、私の求めてるものじゃないなって……」

ふーん、ポヤンとした感じとは裏腹に、自分のやりたいことをはっきり持っていて主張するって感じだな。足りないのは環境《かんきょう》だけだから、それさえ与《あた》えられれば大化けするような気がする。

「沙耶の事情はわかった。サッカー談義くらいなら、いつでも付き合ってやる」

「ほ、本当ですか⁉」

「ああ。今日はせっかく登呂まで来たんだ。クラブの練習風景見て行けよ。受付で入場許可パスを発行してもらえば入れるから」

「やったぁぁ――‼♪」

この子は、サッカーのことになると本当に目が輝《かがや》いてるな。

クラブにも時々、子供達が見学に来るが、みんな目がキラキラしてワクワクが隠《かく》せないという様子で、俺達のことをジッと眺《なが》めてくるのだ。

その時の子供達と同じような沙耶に、俺も思わず顔がほころぶ。

「その代わりと言ってはなんだが、学校では俺がサッカーのジュニアユースや世代別代表ってことは言わないでおいてほしいんだ」

「は、はい、わかってます。というか、さっき周りにバラす云々《うんぬん》はウ、ウソです。私にそんなこと、で、出来ません。学校に友達《ともだち》、い、いないので、へへへ……」

「そ、そうか……」

なんだか居たたまれない気分だが、よく考えたら、俺も今の学校には友達いないか。友達がいないのは、転入して早々だからと信じたい。

とにかく、沙耶がすぐにこちらのお願いを聞いてくれたので一安心だ。話が済んだところでクラブの正門前に到着したので、沙耶の入場許可パスを貰《もら》うために受付のある事務棟《じむとう》へ向かおう。

「協力してくれてありがとう。さ、受付に行くか」

「あの……せ、仙崎先輩」

「なんだ？」

「もう一人分、入場許可パスを発行してもらうことは、で、出来ますか？」

「ん？　友達でも呼ぶのか？」

「さっき、と、友達はいないって私言いました……」

「わ、悪い」

沙耶がむくれた顔をする。

ごめん失言だった。決してわざとではないんだ。

「あの人も、い、一緒に入ってもらった方がいいと思います。ず、ずっとついてきてたので……」

「あの人？　ついてきてた？」

沙耶が後ろをクルッと向いて指をさす方向を見ると、慌てて物陰に隠れる人影があった。

黒いロングの髪だけは逃《に》げ遅れて、きれいになびいているのが見えた。

「未央⁉　お前、こんなところで何やってるんだ？」

俺は素早《すばや》く物陰までダッシュして、逃げ出そうとした未央の腕《うで》を掴む。

「え？　ええと……散歩？」

「県をまたぐ散歩なんてあるかよ」

「た、竹部《たけべ》先輩……校舎裏で私とせ、仙崎先輩が話してる時から、近くで見てました」

「ちょ！　あ〜もうっ！　はい、そうです。明日斗《あすと》の後をつけてました！」

「なんでそんなことしてたんだ？」

俺は少し怒《おこ》った口調で未央に聞いた。

尾行《びこう》されていたなんて、いくら幼馴染という気安い関係でも、おいそれと許せる行為《こうい》ではない。

「だ、だって……明日斗があからさまに嘘《うそ》っぽい雰囲気で私を先に家に帰そうとしてるから、気になったんだもん……」

俺の怒った雰囲気を察してか、しおらしい態度になる未央。

「それは……」

「下校したふりして戻《もど》ってみたら、後輩の女の子と校舎裏で何か告白っぽいことしてるし」

「あれは別に……」

「内容は聞こえなかったけど、その後、一緒に歩きだして駅の方へ向かって電車乗っちゃうし……」

未央の声が段々と震《ふる》えてくる。

「いや、だから……」

「電車の隣《となり》の車両から様子を窺《うかが》ってたら、ずっと二人で楽しそうに話してるし……ぐずっ」

「あれは、沙耶のサッカー談義に付き合ってただけだっての！」

未央が涙《なみだ》ぐみ始めたので、俺も慌てて話をさえぎるように言った。この謎《なぞ》の罪悪感はなんだ？

「ずびっ……え？　サッカー談義？」

「この子は清水沙耶っていう2年生の後輩。熱狂《ねっきょう》的なサッカーマニアで物心ついた頃からの登呂ヴィナーレのサポーター。だから、俺の正体も当然知ってるの」

「え？　じゃあ明日斗はこの子の口を封《ふう》じるために、こんな田舎《いなか》に連れ出して……」

未央は無意識なのか、沙耶を抱《だ》き寄せて、俺の魔《ま》の手から守ろうとしている。身長差から、未央がぬいぐるみを抱きしめているようにも見える。

「田舎って言うな失礼な！　それに、口封じなんてするか」

「じゃあ、沙耶は明日斗の正体を黙っててくれるの？」

「は、はい。周りに言いふらしたりはし、しません」

オドオドしつつも、しっかりと秘密を守ると断言した沙耶を、未央も一先《ひとま》ず信用したようだ。

「今日はせっかくだから、練習を見てもらおうと思ってな。未央も見て行けよ」

「うん、せっかくこんな所まで来たんだから見学させてもらうわ」

「た、楽しみです」

「ＯＫ。やば、時間がそろそろギリギリだ。二人とも受付へ急ぐぞ」

校舎裏の沙耶との逢瀬《おうせ》と未央の誤解を解くのでいつもより時間を消費しているので、俺は慌てて二人を促《うなが》して、クラブの門をくぐった。

あの後、受付で二人の入場パスを発行してもらった後、俺も慌てて更衣室《こういしつ》で着替《きが》えてピッチにでた。なんだか練習が始まる前からドッと疲《つか》れた。

「なんだ明日斗お疲れみたいだな。新しい通勤ルートには慣れたんじゃなかったのか？」

「おう聡太《そうた》。いやなに……ちょっと学校からの出がけにバタバタしてな」

「ふーん。そういやさっき、今日は珍《めずら》しく見学者スペースに可愛い女の子達が来てるって皆騒《さわ》いでたな」

「ほ、ほ～ん……」

「一人は正統派美人のお嬢様《じょうさま》タイプで、もう一人は小柄で愛くるしい優等生タイプだってさ」

「そ、そうか……けど、今は練習に集中しないとな。皆にも気を引《し》き締めるよう釘刺《くぎさ》しておくか」

「あ、そういえば、さっきその子達、他の見学者にナンパされ……」

「ちょっとアップがてらコート外周走ってくる！」

俺はそう言って、聡太の了解《りょうかい》という返事すら聞かずに走り出した。

「今の、試合中に裏に飛び出す時レベルの走り出しだったな」

ニヤニヤして独り言を言いながら、聡太は明日斗の背中を見送った。

「それで、沙耶。あなたは明日斗のこと、どう思って……」

「すいません竹部先輩。集中したいので話は手短にしてください」

受付で貸し与えられた入場許可証を首から下げた未央と沙耶は、観戦席からピッチを見下ろしていた。

未央の目はさっきから輝きっぱなしで、持参していた双眼鏡《そうがんきょう》で選手達を食い入るように眺めていたかと思えば、スマホで選手一覧や最近の大会出場時の戦績を調べたりと、忙《いそが》しそうだ。

「いや……あの、明日斗のことをあなたはどう思って」

「私の人生にとって大切な人です」

「た、大切⁉　しかも人生のって……あなた！」

未央は、大人しそうな沙耶からは想像もつかない力強い答えに、思わず面食らってしまう。

「私、将来はプロサッカーチームのテクニカルスタッフになりたいんです」

「テクニカルスタッフ？」

「選手の運動量やフォーメーションごとの動き、配置、相手チームの分析《ぶんせき》、それに基《もと》づく自チームの勝つためのプラン。そういったものをデータから導き出す仕事です」

「ごめん。半分くらい何言ってるかわからなかったわ」

「要はプロサッカーチームのデータ分析をする人です。自チームと敵チームの膨大《ぼうだい》なデータから傾《けい》向《こう》を掴んで、それをどう自チームの勝利のための戦術に生かすのか。サッカーマニアの私にとってはまさに夢のような仕事です」

「はぁ……」

力強く答える沙耶に、なぜ沙耶が急に自分の夢を語りだしたのかが、未央にはわからなかったが、その言葉の熱量に思わず圧倒《あっとう》され、本題に戻すことが出来ない。

「先程、仙崎先輩が私の人生にとって大事な人だと言ったのは、世代トップの選手がどう戦術や作戦の指示を受け止めて、ピッチ上でどう考え実行しているのかを聞ける貴重な機会をくれる大事な人という意味です。これは、夢であるテクニカルスタッフの仕事に就《つ》くという私の人生設計において大きなアドバンテージとなる、本当に望外の幸せです」

長々と淀みなく答える沙耶だが、視線の先はピッチ上の選手に注がれていた。

「ぶっ……」

通常時の会話の受け答えとは打って変わって、サッカーのこととなると舌が滑《なめ》らかになる沙耶に、未央は思わず笑ってしまった。

どうやら沙耶に明日斗への恋愛的な意味での好意はないようだということがわかり、未央は一安心したという様子だ。

「あれ？　そういえば仙崎先輩の姿が見えませんね」

「そうなの？　着替えの時間的には、出てきていてもおかしくなさそうだけど」

「よ、よう」

声をかけられた方を見ると、明日斗が息を切らせながら立っていた。

「あら明日斗どうしたの？　もうすぐ練習始まるんじゃないの？」

「はぁはぁ……あれ？　ナンパ野郎《やろう》……は？」

「ナンパ野郎？」

「いや……変な男に声かけられなかったか？」

「何よ急に？　別に大丈夫よ。ナンパ野郎のあしらい方なんて私は慣れてるから」

未央が頻繁《ひんぱん》にナンパ目的で声をかけられることがあるという事実にそれはそれで心配になる明日斗だったが、ともかく今は大丈夫なようで安堵《あんど》した。

「見〜た〜ぞ〜」

ピッチの方から声がしたので振り返ると、

「いや～、明日斗も練習場に女の子を連れ込むようになったのか。今夜は赤飯炊《た》かなくちゃ」

「……俺をハメやがったな聡太」

観戦席のピッチのフェンス際に、聡太がニヤニヤしながら立っていた。

「受付のお姉さんに、明日斗が可愛い女の子をしかも二人も連れ込んだって聞いたもんでな」

「うちのクラブの個人情報の扱《あつか》いはどうなってるんだ」

「やばいファンが紛《まぎ》れ込んでるかもしれないから、来客者の情報が共有されるのはクラブのリスクマネジメントとして当然だろ」

「ぐぬぬ……」

登呂ヴィナーレジュニアユースの頭脳である司令塔《しれいとう》の聡太には、キャプテンといえども、明日斗も弁では歯が立たない。

「それで、この二人とはどんな関係なんだ明日斗？」

「幼馴染の未央と、今日知り合ったサッカーマニアの後輩の沙耶だ」

「初めまして。明日斗の生まれた時から一緒の幼馴染です」

「初めまして未央ちゃん。なぁ明日斗、未央ちゃんがようやく再会できるって言ってた例の幼馴染ちゃ――」

「エフンッ！　エフンッ！」

明日斗はわざとらしく大きめの咳《せき》ばらいをして目線を聡太に送った。

「明日斗はこっちで私のことを話したりしてるんですか？」

「いや、以前、地元に幼馴染がいるって話しててさ」

さすがの司令塔、明日斗の言外の意思表示を見事に汲《く》み取り、笑いながら当たり障《さわ》りのないことを未央に返しつつ、手を軽く握ってグラスのような形の手を口元でクイッとするジェスチャーを見せる。

あとで明日斗にジュースを奢《おご》れという意味だろう。

明日斗が素直《すなお》に頷《うなず》いたのに気を良くしてか、聡太はアフターサービスとばかりに、自然に話題転換をする。

「そういや、なんとなく初手ではスルーしたけど、もう一人の子の紹介《しょうかい》はなんだよ」

「なんだと言われても、そうとしか言いようがないしな」

「私も沙耶とは今日が初対面だけど、そう思うわ」

「初めまして屋敷《やしき》聡太選手！　屋敷選手の広い視野によるアシストパスの華麗《かれい》さと、いざという時の献身《けんしん》的な守備、攻め時を逃《のが》さない抜群《ばつぐん》の運動量、登呂ヴィナサポとして大変未来は明るいと感服の至りです！」

「うん。俺も出会って1分程度だけど、今ので、沙耶ちゃんが何たるかがわかった気がしたわ」

聡太が苦笑いする。

「って、そろそろマジで練習はじまるから行くぞ」

「あ、明日斗待って！」

「どうした未央？」

先に行ってるぞと、聡太はピッチを走ってチームメイトの方へ向かった。時間はそろそろ本当に急がないとまずい時刻であった。

「あの……明日斗にお願いが……こんなこと明日斗にしか頼めなくて……」

「な……なんだよ」

本当にダッシュで行かないとまずい時間なのだが、恥《は》ずかしそうにうつむき、人差し指の先っぽ同士をツンツンする未央に、明日斗はちょっとドキッとして足を止めてしまう。

「あのね……勇気出して言うね」

「お、おう……」

未央は指でツンツンするのを止《や》めて、明日斗の目を真剣《しんけん》な顔で見つめる。

「お金貸して……明日斗」

「さよなら。俺の幼馴染は今死んだ」

未央と小さな頃に一緒に遊んで楽しかった記憶や、転校してからも未央と文通していた美しい記憶が走馬灯のように、明日斗の頭の中を通り過ぎていく。

「ちょっと待ってよ明日斗！　明日斗と沙耶を追いかける時の電車賃で財布《さいふ》の中が空っぽなのよ！　二人がどこの駅まで行くかわからないから、有り金はたいて一番高い切符買っちゃって」

「なんでそんな無鉄砲《むてっぽう》なことしてんだ。っていうか、逆に一番安い切符買って到着駅で精算すりゃ良かっただろ」

「あ……し、仕方がないでしょ！　明日斗が怪《あや》しいムーブするから悪いのよ！」

「なんで俺が悪いことになるんだよ!?」

「純情な乙女《おとめ》心《ごころ》をもてあそんだ罪です〜慰謝料《いしゃりょう》として電車賃よこせ〜」

「当たり屋かよ！　自宅に電話しておばさんに車で迎えに来てもらえばいいだろ」

「いやです～お母さんに怒られるから絶対嫌です～～」

追い詰《つ》められて半ば自棄《やけ》になっているのか、未央はガキンチョみたいな口調で明日斗をおちょくるように拒否《きょひ》の言葉を並び立てる。

「さ、さすが幼馴染。仲良いんですね、せ、先輩達」

あまりにうるさかったのか、再びピッチを双眼鏡で食い入るように眺めていた沙耶が思わず振り返り俺達に声をかけた。

「「……ありがと！」」

「違う！」というのは何だか違うと思った二人のぴったり合った男女のユニゾンが観戦席にこだまして、沙耶はやっぱり仲良しだなと思った。

結局明日斗はその日、せっかく間に合っていたのに、練習に遅刻《ちこく》した扱いとなった。

懐かしのお茶碗

外がすっかり暗くなった頃《ころ》、ようやくクラブの練習が終わり、俺《おれ》と未央《みお》、沙耶《さや》で帰路の電車に乗ったところだ。

「は〜疲《つか》れたわ」

「観《み》てただけの未央がなんで疲れるんだよ」

「いや……隣《となり》でこの子のサッカーの話を聞いてるのがね」

そう言って、チラリと未央は隣の席を見やる。

未央の肩《かた》にもたれ掛《か》かり、沙耶がスースーと寝息《ねいき》を立てていた。

沙耶は、練習中はもちろんだが、ミニゲーム形式になると更《さら》にテンションを上げて未央に話しかけている様子が、ピッチ上の俺からもよく見えていた。

「この子すごくはしゃいでたから」

未央が、寝入って頭が傾《かたむ》いたせいで眼鏡にかかった沙耶の髪《かみ》を、直してあげる。

「子供は急に電池切れるからな」

「何だか手のかかる娘《むすめ》が出来たみたい」

「その娘に電車賃払《はら》ってもらったのは、どこのどなたでしょうね」

「か、借りただけだからね。後日ちゃんと返すし、お礼もするんだから」

「いや、後輩《こうはい》に金借りるって時点であれだろうが」

「ぐっ……そういう明日斗だって大してお金持ってなかったじゃない」

「俺は定期券持ちだから、そんなにＩＣカードチャージや現金は持ってないの」

所詮《しょせん》俺達は中学生なので、持たされているお小遣《こづか》いも大した金額ではない。未央に泣きつかれたのに根負けし、仕方がないから電車賃を貸してやろうと財布《さいふ》を開いたら、普通《ふつう》に電車賃に足りなかったのだ。あれは格好《かっこう》がつかなかった。

結局、沙耶がいざという時のために多めにチャージされたＩＣカード乗車券を持っていたので、それで未央の帰りの電車の切符《きっぷ》を買ってもらったのだ。

「そういえば、おばさんには遅《おそ》くなるって連絡《れんらく》してたのか？」

「うん。お母さんには明日斗との部活で遅くなるって連絡しといた」

「ふーん、じゃあもう少し遅くなっても大丈夫《だいじょうぶ》か？」

「何かあるの？」

「今日のうちの夕飯、鶏《とり》のから揚《あ》げだって」

俺がスマホに先程届いた母からのメッセージを見せる。

「行く〜♪」

俺の予想通り未央は即答《そくとう》だった。

地元の駅に着いて、沙耶は親が車で駅前まで迎《むか》えに来てくれているからと、駅で解散となった。

未央の肩にもたれ掛かっていた側の髪に寝癖《ねぐせ》をつけたまま沙耶は礼を言って、トコトコと小走りで去っていった。

「さて、じゃあ俺達も行きますか」

駅からの道すがらをブラブラと、俺の家へ向けて未央と二人で歩いていく。

「くちゅんっ！」

「大丈夫か？　未央」

「う、うん平気。けど夜は冷えるわね」

今は4月上旬《じょうじゅん》で春だが、陽《ひ》が落ちた夜の時間ではまだまだ肌寒《はだざむ》い。

「これ着な。ちょっと汗臭《あせくさ》いかもだけど」

「ありがと……」

未央は素直《すなお》に俺がエナメルバッグから出したジャージの上着を受け取り、制服の上から羽織った。

「薄手《うすで》だけど暖かい、良いジャージね」

「だ、だろう？　試合でも使う奴《やつ》だからしっかりしてるんだ」

俺のジャージを着ているので、必然袖《そで》が長く手が隠《かく》れる、いわゆる甘《あま》え袖になっていて、未央の儚《はかな》げで華奢《きゃしゃ》な美少女であることが強調されて少しドキッとする。

ジャージはクラブからの支給品で、チームをスポンサードしてくれているスポーツ衣料メーカーの既製品《きせいひん》だが、胸元《むなもと》には登呂《とろ》ヴィナーレのマークが刺繍《ししゅう》されている。

「そういえば何で明日斗はわざわざ制服に着替《きが》えたの？　練習終わりはそのままジャージで帰ってくればいいじゃない。スポーツ系の部活の子は大概《たいがい》、そんな感じで帰宅するし」

「あ〜、あんまりそのジャージで街中歩けないんだよ」

「どうして？」

「静岡《しずおか》でこのジャージを着て街中を歩いてると、色んな人に声かけられたり、お店のあまった商品とか持っていけって渡《わた》されたりしてたんだよ」

「それは大変ね……」

「ま、静岡ではジャージやユニフォーム着てなくても、顔だけで結局は道行く人にバレたりもあったけどな」

「こっちでは大丈夫ってわけね。けど、沙耶みたいに見る人が見たらバレちゃうんじゃない」

「そうかもな。気を付けないと」

「いいの？　今、私がこのジャージ着ちゃってるけど」

未央が、胸元のチームマークを隠しながら不安そうな表情を浮《う》かべて、周りをキョロキョロ見る。

「大丈夫、大丈夫。未央が羽織ってたらただの登呂ヴィナファンの女の子としか見えないさ。それに、未央が風邪《かぜ》ひいちゃう方が嫌《いや》だし」

「そ、そうね。あ〜、私も明日斗のチームのこと勉強しようかしら」

未央は照れ隠しのように、大げさに伸《の》びをしながら独り言のように呟《つぶや》いた。

「無理にはしなくていいぞ。別にチームは登呂ヴィナーレじゃなくても、サッカーに興味もってもらえたら嬉《うれ》しいし」

「まぁ、私はチームっていうより……特定の選手個人が好きで、その選手がいるチームを好きになるタイプ……かしらね」

そう言いながら、チラッチラッと未央は俺の方を窺《うかが》い見る。

「そういうファンもいるな。俺も日本のレジェンドのマルさんのチームの試合は観ちゃうし」

「そうじゃないでしょニブチン！」

突然《とつぜん》大きな声を出したかと思ったら、未央は顔を赤くして駆《か》けだしていったので、訳がわからない俺は慌《あわ》てて未央の後を追いかけた。腹減ってヘトヘトなんだから走らせるのは勘弁《かんべん》してほしい。


「おかえり明日斗。未央ちゃんもいらっしゃい」

「ただいま母さん」

「晴子《はるこ》さん、夜分遅くにお邪魔《じゃま》します」

「いいのよ。明日斗はいつもこれくらいの時間に帰ってくるんだし、それに合わせて夕飯作るのもいつものことなんだから」

「ありがとうございます」

「鶏のから揚げは揚げたてがいいと思ったから、これから揚げるところなの。もうちょっと待っててね」

「私、手伝いたいです」

「あら、そう？　じゃあサラダの盛り付けとみそ汁《しる》の温め直しをお願い。私は揚げ始めちゃうわね」

「はい」

未央は手を洗うと、制服の袖をまくった。

「じゃあ、俺は皿出すわ。サラダはこの小鉢《こばち》で、みそ汁のお椀《わん》はこれな」

「ありがとと明日斗」

洗濯物《せんたくもの》をエナメルバッグから出して、手を洗ってダイニングに戻《もど》ってきたら、ちょうど第一陣《じん》のから揚げ様が揚がったところのようだ。

「いただき～」

「あ、明日斗つまみ食い」

「あちあちっ！」

「もう、揚げたてなんだから熱いに決まってるじゃない」

未央が、水で湿《しめ》らせたティッシュで俺の口元を冷やしてくれる。

「腹減っちゃってな。あ、そういえば義父《とう》さんは？」

「今日は仕事終わるの遅いって。母さんは後で一緒《いっしょ》に食べるから、揚げたのドンドン食べちゃって」

「お、さすが新婚《しんこん》さんだ。夕飯は一緒になんて、お熱いねー」

「親をからかうんじゃないの。さっさと食べちゃいな」

母さんに言われたので、先程俺が出したお椀に未央がみそ汁をつぎはじめたので、俺は米を茶碗によそおうとするが、

「あ、そうだ母さん。未央の茶碗どれにする？」

「あ～、どれにしましょ。小さい頃によく食べにきてた時に使ってた茶碗は流石《さすが》に小さすぎるしね」

「え⁉　あの時の茶碗ってまだあるんですか？」

たくし上げた制服の袖を戻しながら、未央が驚《おどろ》きの声を上げた。

「あるわよ〜。なんだか捨てるには忍《しの》びなくてね」

「その茶碗！　それがいいです」

「そう？　足りなければおかわりしてね」

「はい！」

母さんから渡された茶碗は、小学生だった当時に人気だった魔法少女のアニメのキャラクターのイラストが描《か》かれた茶碗だ。

母さんから受け取った未央は、手の中にある茶碗をとても愛《いと》おしそうに見つめていた。

「あ！　あんたの当時の茶碗もあったわ。せっかくだから、あんたも今日はこれ使いな」

そう言って、母さんが俺に、特撮《とくさつ》キャラのイラストの茶碗を渡してきた。

「ええ……小さすぎるだろ。何杯《ばい》もおかわりしなきゃいけないからメンド」

「いいからそれ使いな」

「はい……」

普段《ふだん》から子の俺にも無理《むり》強《じ》いするような言動はしない母さんの珍《めずら》しい命令口調に、思わず俺も同意せざるを得なかった。

ちなみに、クラブチームでは活動をサポートしてくれる親には日ごろから感謝しなさいと教え込《こ》まれているので、この年頃《としごろ》に特有の反抗期《はんこうき》は皆無《かいむ》と言ってよかった。

「さぁ、から揚げが冷めないうちに食べちゃいなさい」

「は〜い、いただきます」

「いただきます」

まずはやっぱり、から揚げからだ。

我が家のから揚げは、醤油《しょうゆ》とニンニクで味付けされた鶏モモ肉のから揚げと、塩こうじで味付けされた鶏むね肉のから揚げだ。

二つを交互《こうご》に食べれば永遠に食べられる。

「なつかしい〜　この味、このサクサク感。晴子さん、このから揚げって二度揚げしてるんですか？」

「そんな手間かけてないわよ。粉にパン粉や柿《かき》の種をすりつぶしたのを入れると、お店のから揚げみたいなサクサク感が出るのよ。後でから揚げ粉の比率書いたメモをあげるわね」

「ありがとうございます」

「それにしても大きくなっちゃったな〜未央ちゃん。お茶碗がこんな小っちゃく見えるなんて」

「そうですね、懐《なつ》かしいです。お茶碗も晴子さんのから揚げも」

「あれから色々あったからね」

しみじみとした様子で語る母さんを尻目《しりめ》に、俺は2杯目のご飯をよそう。

「色々と言うのは、再婚されて、地元に戻って来たことですか？」

「そ、そうね。って、私のことはいいじゃない」

自分の話になると途端《とたん》に母さんは歯切れが悪くなる。

「え〜、気になりますよ」

未央は興味津々《しんしん》で、まるで同級生と恋《こい》バナをするようなテンションだ。

「義父さん、学生の頃からずっと母さんのこと好きだったんだってさ。母さんが結婚して、子供が

出来ても諦《あきら》めきれなかったらしいぞ」

「きゃぁぁぁ！　素敵《すてき》！」

「ちょっとアンタ！　それ周りに言いふらしたりしてないでしょうね⁉」

俺の唐突《とうとつ》な暴露《ばくろ》に、母さんが赤面してワタワタしている。

「揚げ物中は、コンロから離《はな》れちゃダメだろ母さん」

「ぐ……」

コンロの前で為《な》す術《すべ》のない母さんを尻目に、俺は3杯目のおかわりのごはんをよそう。

「それで、母さんも義父さんの熱烈《ねつれつ》アピールにとうとう陥落《かんらく》したけど、俺が高校生になってクラブの寮《りょう》に入るまで再婚は待とうとか言ってたんだぜ。いい歳《とし》こいたカップルがジレジレ恋愛《れんあい》とか誰得《だれとく》だって話だよ」

「そこは、多感な時期の明日斗に配慮《はいりょ》してくれてたんでしょ。お義父さんも誠実な人みたいだね」

「誠実すぎて面倒《めんどう》くさかったわ。だから俺は義父さんに、クラブにはこっちからも通えるし、1年間限定の同居ならお互《たが》い配慮し合えるし、とっとと母さんと結婚してやってって頼《たの》んだんだよ。で、2対1の多数決で再婚して、地元に戻ることになったと」

「明日斗が1年間だけこっちに戻って来ることになったのは、そういう背景があったんだ……」

「明日斗、あんた全部洗いざらい言ってくれちゃって……」

ワナワナと母さんが、揚げ上がったから揚げを載《の》せた大皿を持って赤面していた。

「こういう事情は、さっさと全部言っちゃった方がいいんだよ。さて、おかわりおかわり」

「この子は、ほんと情緒《じょうちょ》がないったら……未央ちゃん、こんな息子《むすこ》だけどよろしくね」

「はい、お任せください」

「母さん味噌汁《みそしる》おかわり〜」

「自分でつぎな」

母さんは、恥《は》ずかしさが限界突破《とっぱ》したのか、エプロンを畳《たた》んでキッチンを出て行ってしまった。

ストッパーもいなくなったので、俺は未央にたっぷりと、義父さんの母さんへの惚気《のろけ》エピソードを聞かせてやった。

球技大会はサッカーに決定

「では、今年の球技大会。男子の競技はサッカーに決まりということで」

職員会議で、サッカー部顧問《こもん》の鬼頭《きとう》教諭《きょうゆ》は、会議の場で決まった結論を他の教諭に再度確認《かくにん》するように告げた。

鬼頭が見渡《みわた》した中には、渋《しぶ》い顔をしている教諭が何人かいた。

サッカーという、身体的接触《せっしょく》が多い競技を選ぶことに、難色を示していた教諭達だ。

しかし、鬼頭の強い勧《すす》めと学年ごとに分けるから大丈夫《だいじょうぶ》だとの強弁により、半ば押《お》し切るように決まってしまった。

鬼頭は、顧問をしているサッカー部員が活躍《かつやく》する機会、ひいては自分のアピールの場が増えたことにほくそ笑《え》んでいた。

最近は、生意気な転入生がサッカー部のエース部員を負傷させかけたのを、謝罪もせず、結局そのままサッカー部にも入らず逃《に》げてしまった。

最近の子は辛抱《しんぼう》が足らない。

この球技大会のサッカーを通して、忍耐《にんたい》を子供達に学ばせたい。また、忍耐を学んだサッカー部員達の強さを学内に知らしめてやる。

鬼頭はそんなことを考えていた。

そして、ふと転入生について思い出したので、岡部《おかべ》教諭に話しかける。

「岡部先生。例の転入生の前の学校からの申し送り資料は戻《もど》ってきたのですか?」

「あ……あの資料ですね。ええと……戻ってきたので、整理して明日には皆《みな》さんにも共有します」

岡部は焦《あせ》ったように、そう答えた。

「頼《たの》みましたよ」

鬼頭が去っていくのを、岡部はうつろな目で見送っていた。

◆

翌日の朝に、教諭のパソコンからアクセスできる共有サーバーの問題児フォルダに、新たに仙崎《せんざき》明日斗《あすと》のフォルダが追加された。

先日の仙崎の謝罪拒否《きょひ》についての経緯《けいい》メモのファイルと共に、前の学校からの申し送り資料という名のファイルが格納されていた。

しかし、そのファイルは、資料を紛失《ふんしつ》させてしまった岡部が捏造《ねつぞう》で作成した、全くデタラメな内容のものであった。

「年度始めの球技大会は男子はサッカー、女子はバレーボールになりました。今日は、このホームルームの時間でチーム分けの話し合いをしたいと思います。男子はこっちに集合」

3年1組の今日のロングホームルームの議題は球技大会についてだ。

男女で分かれ、男子の音頭《おんど》を取っているのは、体育委員の王子様だ。

「早速《さっそく》だが、実は既《すで》にチーム分けは僕《ぼく》の方で編制済みだ。チーム分けはこの通りだ」

王子様はチーム分けメンバーの表が書かれた紙を配付する。

クラスで2チームに分かれるのか。俺《おれ》はBチームか。

ん？　俺の名前の横に書かれている「リーダー」というのは何だ？

「王じ……中川《なかがわ》君。俺の横にあるリーダーって何なの？」

「ああ、それかい。今回は球技大会で優勝するために、僕が率いるAチームは精鋭《せいえい》を集めているんだ」

「ほぉ」

「とはいえ、Bチームにも率いる者が必要だろ？　だから、サッカー好きだという君が適任だと思ったんだよ」

なるほど。要は残り者達のチームを俺が面倒《めんどう》見ろということか。

しかし、俺を評してサッカー好きときたか。確かに全くの間違《まちが》いというわけではないな、うん。俺がサッカーが好きなのは事実だ。

「わかった。引き受けた」

「期待しているよ」

ニンマリとした笑みを口元にたたえて、王子様はチーム分けについての話し合いという名の、事実上の決定事項《じこう》の伝達を終えた。

「明日斗がBチームのリーダーになったのね」

「王子様に頼まれたからな」

俺と未央《みお》は、今日も昼休みに文芸部の部室で一緒《いっしょ》に弁当を食べていた。

「チーム分け、かなりあからさまね。サッカー部員と体育の成績がいい男子は根こそぎAチームだわ」

チーム分けのプリントを見ながら未央は、玉子焼きを頬張《ほおば》った。

「本気で優勝を目指すなら、間違った戦略ではないさ」

「たかだか学内の球技大会で、そこまでガチで勝ちにいく必要なんてないでしょうに」

たしかに、新年度早々に行う行事なんだから、新しいクラスメイトとの親睦《しんぼく》を深めるのが主な目的なんだろう。

サッカー部員が球技大会のサッカーでガチで勝ちに行くのは、少々空気が読めていない。

「それより、未央の薦《すす》めてくれた恋愛《れんあい》小説、『華《はな》より紅《あか》く』読んだぞ」

「どうだった？」

「主人公の夏帆《かほ》可愛《かわい》すぎ！」

「でしょー！」

俺と未央は、小説の感想を語り合った。

「なんで夏帆は木村《きむら》くんじゃ駄目《だめ》なんだよ！　木村くんむっちゃ頑張《がんば》り屋で優《やさ》しくて良い奴《やつ》じゃ

ん！」

「この年頃《としごろ》の女の子は、ちょっと危《あや》うい感じの拓矢《たくや》くんみたいな男の子が放っておけないのよ」

「絶対、木村くんと一緒になった方が、夏帆は幸せになるって！」

「明日斗は女心がわかってないな〜」

件《くだん》の小説のページを開きながら、あーでもないこーでもないと、二人で感想や考察を述べる。

華より紅く、通称《つうしょう》ハナアカは、今まで手に取ろうとも思わなかった女主人公の恋愛小説だが、読んでみたら存外面白《おもしろ》かった。

練習の休憩《きゅうけい》時間に読んでたら、ジュニアユースのチームメイト皆に、めちゃくちゃイジられたけど。

「これ面白かったわ。次の未央のお薦めの本、教えてくれよ」

「また私のお薦めでいいの？」

「自分で選ぶより、人にお薦めされた方が新たな本に出会えるからな。未央のセンスがいいのは1冊目でわかったし」

未央は、不意に俯《うつむ》いた。しかし、チラリと見えるその顔は、自分の好きな物を相手も好きになってくれた、くすぐったい充足《じゅうそく》感に満たされているようだった。

「明日斗、この間チラッと話した、文芸部の大会があるって話、覚えてる？」

「ああ」

「明日斗は、ビブリオバトルって知ってる？」

「何か、カッコイイ名前だな」

「ビブリオバトルっていうのは、簡単に言うと、自分が他の人にお薦めしたい本をプレゼンして、どの本を皆が読みたいと思ったか投票して決めるっていう大会なの」

「ほぉ、そんな大会があるのか」

「基本は喋《しゃべ》りのみで、パワーポイントやレジュメも使えないから、文字通りトークだけで、その本の魅力《みりょく》を伝えるの」

「いいじゃん。未央にピッタリじゃないか」

「どこがよ。私、人前で話したりなんか全然してきたことないのに」

「けど、本を他の人にお薦めするのって嬉《うれ》しいんだろ？　さっき、俺とハナアカの感想言い合ってる時、未央、凄《すご》い良い顔してたぞ」

「そ、そう？」

「人前で話すのに不安があるなら、まずは練習で俺にだけ本のプレゼンしてみてくれよ」

「練習……付き合ってくれるの？」

「せっかく文芸部に入ったんだし、何か形に残る思い出が欲《ほ》しいじゃん」

「……実際に大会に出場するかはさておき、練習はしようかな。どうせ明日斗に本のお薦めはするんだし」

「おう！　頼むよ」

　赤い顔をしながら、本棚《ほんだな》から何冊か本を選ぶ未央の後ろ姿を見て、２日連続で俺は微笑《ほほえ》ましい気持ちになっていた。

Bチーム練習

今日は、球技大会のチーム分けが決まってからの初の体育の授業である。

なお、未央《みお》から口酸《くちす》っぱく言われたので、俺《おれ》は体操服にジャージの長ズボンという出《い》で立ちだ。これ、スライディングしたら一発でジャージのズボンに穴空くじゃん。

体育の担当教諭《きょうゆ》である鬼頭《きとう》の授業は元からかなり適当な授業をしているようで、良く言えば生徒の自主性を重んじ、悪く言えば放任怠慢《たいまん》であると言えた。

チームごとに分かれたら、各々《おのおの》のチームでパスや連携《れんけい》の練習をしろと言って、各自分かれることとなった。

「じゃあ、便宜《べんぎ》上、この授業では俺が仕切るな。一応、サッカー経験ありだってことで王子様からリーダーを拝命した仙崎明日斗《せんざきあすと》だ、よろしく」

Bチームのメンバー一同を見回すが、皆真面目《みなまじめ》そうな顔で授業をサボるなんて思いもしないという感じのキャラだが、闘志《とうし》に満ち溢《あふ》れているというわけでも決してない、そんな生徒が集まったという感じだ。

「さて、先に言っとくけど、俺は別に球技大会でガツガツ勝ちに行こうとはさらさら思ってないからな。それはあっちの仕事だ」

そう言いながら、俺は顎《あご》でしゃくってAチームの方を見やる。

俺の言葉にBチームの皆は苦笑《くしょう》する。

仮想でもいいので共通の敵を置いてみるのは、集団をまとめる上ではやはり有効である。

少し、俺の話を聞いてみてやってもいいかという場の雰囲気《ふんいき》になる。

「球技大会なんて楽しめりゃいいんだ。そして、それは練習でも同じ。よし、じゃあ今から鬼《おに》ごっこするぞ」

「「「へ？」」」

「1対1な。コーン2本を間をあけて置くから、その直線の周りだけ動いてOKな。コーン間の直線を跨《また》ぐのは禁止。時計回りでも逆回りでもOK。つかまったら、鬼交代な」

「あの……」

「ん？　鬼ごっこのルールで何かわからないことがあったか？」

俺はコーンを置きながら、おずおずと手を挙げた男子生徒の方を向く。

「いや……普通《ふつう》こういう時って基本のパス練習とかするのでは？」

「もちろんパス練習もするけど、まずはアイスブレイク。新クラスでまだ話してない奴《やつ》も多いだろうし、緊張《きんちょう》を解《ほぐ》すのが第一目的だ。あと、ちゃんとこの鬼ごっこにもサッカーやる上で利点あるから」

「わかったっす」

「よし、じゃあ始めよう」

コーンを置き終わったので、各自がペアに別れて鬼ごっこを始める。

なお、Bチームの総員は11名なので、一人余ってしまう。もちろんあぶれるのは俺だ。

別に、俺がボッチ気味なキャラが多いグループの中でさらにボッチになるという、真のボッチというわけではない。ないったらない。俺は今はコーチ的な立ち位置だから。

Bチームの様子を見ると、最初はぎこちなく遠慮《えんりょ》がちだったが、徐々《じょじょ》に、シンプルだが意外とゲーム性の高い鬼ごっこにのめり込《こ》んでいっているようだった。

コーン間はだいたい2~3mという間隔《かんかく》にしていて逃《に》げる範囲《はんい》が狭《せま》いので、この鬼ごっこでは足の速さがそこまで重要ではない。むしろ走力で相手を引き離《はな》そうとすると、逆回りで回り込まれてピンチとなる。相手と適切な距離《きょり》を保ちながら、小刻みにダッシュや切り返して逆方向から攻《せ》めるなど、戦略や駆《か》け引きが必要になる。

遊んでいるうちに、皆その点に気付いて、楽しそうに、しかし真剣《しんけん》に鬼ごっこをしていた。

うんうん、良し良し。あえて意図は伝えずに鬼ごっこを始めたが、この年齢《ねんれい》ならすぐにゲームの肝《きも》を理解して実行できる。

「いいっすね、この練習。楽しくて」

「お、どうした?」

先程鬼ごっこが始まる前に質問してきた男子が、俺に話しかけてきた。

「ちょっと熱くなりすぎたのか、相手がへばっちゃったので休憩《きゅうけい》させてます」

「そうか。ええと……」

「佐々木《ささき》誠也《せいや》っす。話を戻《もど》しますけど、この鬼ごっこいいっすね。ディフェンスの時の適切な距離《きより》感《かん》や、相手を注視する習慣が身に付きます」

「そうだな」

「練習じゃなくてあくまで遊びって体《てい》にして、そこからコツやゲームの本質を自力で見つけさせるってわけっすね」

「人間、自分で体験して解答を導き出したものは生涯《しょうがい》忘れないからな。単純にコツを教えるより効果が高いんだよ」

「ジュニアユースだから、どんな高度な戦術を授《さず》けられるのかと思ってたっすけど、案外基礎《きそ》を大事にしてるんっすね」

「ああ、最初期こそ基礎を大事に……って、うぇ⁉」

思わぬ不意打ちを食らって、つい変な声が出てしまい、慌《あわ》てて周囲を気にする。

幸い、他のBチームのメンバーは鬼ごっこに夢中で、聞かれている様子はなかった。

「いや〜、ユースでしかもU−15のキャプテンの下でプレーできるなんて本当に感激の至りっす」

「え……ちょっ、なんで知って……」

思わず小声になって話しかける。

「逆になんで今までバレてなかったのかが不思議っすよ。あ〜でも、ここのサッカー部の人らは欧《おう》州《しゅう》リーグの選手かっけぇって雰囲気だから、あんまり国内リーグの方に興味向けてないんっすかね」

「あ、あの……佐々木君……」

「誠也でいいっすよ」

「誠也。このことって他の人には……」

「言ってないっすよ。転入の挨拶《あいさつ》の時にも触《ふ》れてなかったから、あんまり広めたくないのかなと思って」

「助かる……」

「けど、広まっちゃうのも時間の問題だと思うっすよ。なんせ、チームのホームページを見たら、バッチリ顔写真から何から出てきちゃうんだから」

「俺も呼び方、明日斗でいいよ。いや、俺も隠《かく》し通せるとは思ってないんだけどな」

「バレたの俺が初っすか？」

「いや、後輩《こうはい》のサッカーマニアの女子にもバレた。その子にも黙《だま》っててもらってる」

「お〜、女子でジュニアユースの選手まで把握《はあく》してるのは相当なサッカーマニアっすね。今度会って話してみたいな」

「誠也はなんで気付いたんだ？」

「この間、夜に駅前を歩いてたら、明日斗君と竹部《たけべ》さんが歩いてるのを見かけたんっすよ。竹部さんが羽織ってる登呂《とろ》ヴィナーレの上着見て、公式商品じゃなさそうで、あれ？　って思って調べたら、ジュニアユースのページに辿《たど》り着いたって感じっす」

静岡じゃないし、俺が着るわけじゃないからと油断してた……少しでも疑念を持たれたら、それでネット検索で即《そく》1手詰《てづ》めなのだから、もっと慎重《しんちょう》であるべきだったと反省する。

「あ〜、あれ見られてたのか。やっぱりこっちでも見る人が見たらバレるんだな。今後気を付けよう」

「なんで周囲には凄《すご》いサッカー選手だってこと秘密にしてるんっすか？」

「束《つか》の間の目立たない立ち位置を楽しみたいからだな」

「いや……氷の令嬢《れいじょう》、竹部さんと親しげにしてて凄い目立ってますよ明日斗君」

「そうなの？」

「我が校の有名人ですからね、彼女《かのじょ》は。けど、どんだけ男共が群がっても、氷の令嬢があしらってたのはこういうわけだったんすね」

誠也がニヤニヤして俺の方を見る。

「なにがだよ」

「いやいや。ジュニアユース所属でU－15代表でしかもキャプテンの幼《おさな》馴染《なじみ》がいるんじゃ、そりゃ王子様も相手にされるわけないっすよね」

「別に未央はそういうんじゃないぞ。つい最近まで俺がジュニアユースに所属してる云々《うんぬん》も俺のホラだと思ってたんだぞ」

「え、そうなんっすか？」

「ほんとほんと。未央とは文通で手紙のやり取りを何年もしてたんだけど、全部俺の妄想《もうそう》ストーリーだと思ってたんだぜ。ひでぇよな」

「は～、文通とはまた古風っすね」

「俺が転校したのは小学2年生の頃《ころ》だから、お互《たが》いまだスマホの類は持ってなかったからな。けど、スマホを持ち始めてからも、なぜかスマホの連絡《れんらく》先とか交換《こうかん》しなかったんだよな」

「手紙書くのって大変っすよね。よく続きましたね」

「何となくな。やり取りの頻度《ひんど》がそんなに多くなかったのが、逆に良かったのかも」

この点はたしかに自分でも謎《なぞ》だな。俺にとって未央に手紙を書くっていうのは自分の最近の振《ふ》り返りも出来て良かったのだが、利便性や頻度を考えたら、スマホでやり取りする方が断然便利で速い。

未央が提案してくるなら、そちらへ移行しようと思っていたが、ついぞそういう話にはならなかった。

未央も俺への手紙を書くのは面倒《めんどう》ではなかったのかと思うと、少しくすぐったい気持ちになる。

「それにしても、Aチームは気合い入ってますね」

誠也の言葉を聞いて、Aチームの方を見やると、何やら陣形《じんけい》やポジショニングについて、王子様がチームメイトに何やら熱心に指導をしている。

専門用語を交えて指示しているので、サッカー部員のメンバーはついていけているが、そうではないチームメイト達はよく理解できていないようだった。

「王子様の指示内容を聞くに、華麗《かれい》なパス回しで前線の自分が輝《かがや》くサッカーをやりたいみたいだな」

「それは部活でやれよって感じっすけどね」

「大方、サッカー部の試合を見に行ったことがない生徒に、格好《かっこう》いい華麗なサッカーを見せてやりたいんだろうな」

「それ正解っすね。まだ会って間もないのに、王子様のことよくわかってるじゃないっすか」

「そんなもんわかりたくないけどな。奴の場合、根が単純だから読みやすい」

「その洞察力《どうさつりょく》、球技大会でも期待してるっすよ」

さすがに長く誠也と話し込みすぎた。鬼頭に目を付けられるか？　と思ったが、鬼頭はなんとAチームにかかり切りで指導を行っていた。自分のクラスでもないのにずいぶん熱のこもった指導をしていて、思わず苦笑してしまう。

「さて、そろそろ鬼ごっこは終わりにして、次の練習に移るか」

「お手柔《てやわ》らかに頼《たの》みますよ」

「楽しいが第一だよ」

その後は、基本のインサイドキックの基礎練習と、インサイドキックのみを使った3対1によるボール回しなどを行った。

鬼ごっこにより身体が温まり、また一緒《いっしょ》に遊んだという認識《にんしき》なので、その後のチーム内のコミュニケーションもスムーズにいった。

インサイドキックに限定したのは、それが一番基本のキックであり、蹴《け》り損じてもそこまで大外れにはならず安定しているからである。

3対1の練習は、先程の鬼ごっこの発展版の体だが、常にパスを出す先の選択肢《せんたくし》が2つあり、どちらを選ぶのかというのをボールを持つごとに決断しなくてはならないので、その判断力を養い、基本のインサイドキックを敵のプレッシャーがある中で正確に蹴る場数を踏《ふ》ませる練習になる。

1グループ4人でBチームはちょうど11人なので、3人のグループは別メニューでゴール練習を行う。

練習に飽《あ》きないように、メンバーを順次入れ替《か》えながら練習していると、あっという間に授業時間終了《しゅうりょう》のチャイムが鳴った。

「よし、お疲《つか》れ〜。みんな上がろうか」

Bチームの面々も時間が過ぎる早さにびっくりして、少し名残惜《なごりお》しそうにサッカーボールを見ている。

練習が楽しいと思ってもらえれば、今日の授業は十分な成果だったと言えるだろう。

「お疲れっす。あっという間でしたね」

誠也が少し息を弾《はず》ませながら、小走りでこちらに駆け寄ってきた。

「集中してればすぐ時間過ぎるよな。ボール間走とか地獄《じごく》のフィジカルトレーニングメニューだと時間過ぎるの遅《おそ》いけど」

「あれは地獄っすよね」

今の話を聞いて、俺は、授業中から抱《いだ》いていた誠也への疑問を本人にぶつけてみることにした。

「誠也。お前、サッカーやってたろ」

「……そっすね。小学生の頃に」

「その答えは正確な答えじゃないな。今もやってるだろ？」

「……なんで、そう思ったっすか？　自分、サッカー部じゃないっすけど」

少し警戒《けいかい》したように誠也は、慎重に言葉を選んで答えているようだ。

「成長期で大きく体格が変わってるから、久しぶりにサッカーやった奴の動きは、自分の意識と身体の動きにギャップが出て、動きがモッサリしがちなんだ。けど、誠也にはそれがなかった」

「なるほど……」

「足裏ドリブルをよく使うから、フットサルだろ。外部のクラブでやってるな」

「お見事っすね。社会人のフットサルのクラブに交ぜてもらってるんっす。明日斗君と未央さんを駅前で見かけたのも、その帰りだったんすよ」

仕事終わりの社会人の参加するフットサルクラブなら、たしかに帰宅は俺と同じくらいの時間になるな。

しかし、ここで率直な疑問が頭に浮《う》かぶ。

「どうして、学校のサッカー部には入らなかったんだ？」

「う～ん、なんか先輩との上下関係とか、この学校のサッカー部は特に面倒そうだったんで。自分は楽しくサッカーやりたかったんすよ」

誠也は口元は笑いながら、少し表情を陰《かげ》らせている。

何か、サッカー部絡《がら》みでトラブルや事情があったのかもしれないが、今は深く聞かないことにする。

「そうか。けど、勿体《もったい》ないな。さっきの動きやパスセンス見るに、結構良いもの持ってると思うぞ」

「え……？」

キョトンとした顔で、思わず立ち止まる誠也に合わせて俺も立ち止まった。

「サッカーに対して俺はお世辞は言わない主義だからな。ガチでやってみたいなら相談乗るからな」

そう言って俺は誠也の肩《かた》をポンッと叩《たた》き、更衣室《こういしつ》へ向かった。誠也の肩の三角筋はしっかり当たり負けしないように鍛《きた》えられた、硬《かた》い肌触《はだざわ》りであった。

ボッチになる未央

「あ、今日の昼休みは予定あるから部室行けないわ」

昼休みのチャイムが鳴った直後に、そう未央《みお》に告げると、未央は持っていたお弁当袋《ぶくろ》を手からスルリと取り落としてしまった。

床《ゆか》に落ちる寸前で俺《おれ》が未央のお弁当袋をキャッチする。

「あぶな！　ギリギリセーフ」

拾ったお弁当を未央に渡《わた》してやると、未央はお弁当などどうでもいいと、手近な机の上にうっちゃる。お弁当を自分の机に置かれた生徒が困惑《こんわく》している。

「ど、ど、ど、どうして？」

未央が無茶苦茶に動揺《どうよう》しながら裏返った声で聞いてくる。

「いや、ちょっと今日は友達《ともだち》と用事があってな」

「え、明日斗《あすと》に友達なんていないないでしょ？」

未央は半笑いで、信じられないものを見るような目をしている。

「シンプルに失礼！」

「どうせ野良猫《のらねこ》を友達と呼んでるとか、そういうオチなんでしょ？」

「違《ちが》うわ！」

「恥《は》ずかしがることはないわ。私も通った道だから」

「やってたんかい……じゃあ、俺校舎裏で待ち合わせだから行くわ」

これ以上、未央の悲しいエピソードが飛び出す前に、とっとと待ち合わせ場所に行こう。

「じゃあ私も友達連れてくから、明日斗のお友達と一緒《いっしょ》に食べましょう」

「え？　未央に友達なんていないでしょ？」

「明日斗こそ失礼！　場所は校舎裏ね、待ってなさい」

そう言って、未央はお弁当袋をかかえてどこかへ行ってしまったので、俺の方はとりあえず、校舎裏へ向かった。


「はー、それで竹部《たけべ》さんも来ることになったんすね」

「すまんな誠也《せいや》。未央の奴《やつ》、こっちの返事も聞かずに行っちゃってな」

待ち合わせ場所の校舎裏のベンチには弁当を持った誠也が待っていたので、未央が友達を連れて来て一緒にお弁当を食べたいと言っていると伝えた。

「別にいいっすよ。ただ俺達の話聞いててもつまらないと思いますけどね」

「そうだよな。よし、じゃあ、未央達が来る前にとっとと球技大会のフォーメーション決めるか」

「これ使うと思って持ってきたっすよ」

そう言って、誠也は小さなホワイトボードとマグネットを取り出した。

「ナイス！　早速《さっそく》やろう」

俺と誠也はお弁当を広げて食べつつ、マグネットをあーでもないこーでもないと動かす。

「戦略としては３－４－２－１でカウンター狙《ねら》いはどうっすか？」

「それだと、相手にボール支配される率が上がるんだよな。初心者にはそれだけでプレッシャーになっちゃうからな」

「となると、多少守備は犠牲《ぎせい》にしても中盤《ちゅうばん》を厚くするっすか？」

「俺の意見なんだけど、楽しいサッカーはイコール攻《せ》めるサッカーだから３－２－２－３が良いかと思うんだけど」

「いいっすね。けどその場合、守備の薄《うす》さがネックになるっすけど」

「守備の最終ラインは俺が中心になる」

「いいんすか？　明日斗くんフォワードが本職っすよね？」

「俺が球技大会のサッカーでフォワードやるとか、それこそ空気読めてないだろ」

「ま～確かに」

「こっちがガンガン攻めれば、案外相手が守勢に回るもんだし、ゴール許したらそれ以上に点取ってやろうぜの精神でいいんじゃないか」

「サイドにデカいスペース空けないよう、中盤でポジショニングの指示出しする役が必要っすね。それは自分が担当するっす」

「俺もそれを誠也に頼《たの》もうとしてたんだ」

ポジショニングサッカーなんてしたことないメンバーがほとんどだから、中盤と後方からポジショニングを調整して指示を出す人間がいれば、それなりに形になるだろう。

もちろん、パスコース切れとか絞《しぼ》れとかなんて、専門的な指示じゃわかるわけがないので、もうちょっと下がれとか、何番につけとといった単純な指示になるだろうけど。

「お待たせ」

ある程度話がまとまってきたところで、未央達が到着《とうちゃく》した。

「お……お邪魔《じゃま》しま…す。清水沙耶《しみずさや》です」

「って、友達って沙耶のことかよ！」

おっかなびっくりという感じで、沙耶が未央の背中に隠《かく》れていた。

「お金の貸し借りするような仲なら、もはや友達と言っていいでしょ」

「き、急にうちのクラスに竹部先輩《せんぱい》が来て、び、びっくりしました」

先輩が下級生の教室に来ると、緊張《きんちょう》感が走るあの感じには覚えがある。未央は特に学内では有名人みたいだから尚更《なおさら》だろうな。

「この間、帰りの電車で娘《むすめ》みたいとか言ってたくせに」

「友達みたいな親子関係もいいじゃない」

たしかに、未央の後ろに沙耶がしがみついて顔だけ出して覗《のぞ》き込《こ》んでいる様は、初対面の大人を前に子供が恥ずかしがってお母さんの後ろに隠れているのに似ていた。

「そちらが明日斗のお友達？」

「ああ、誠也だ」

「どうも竹部さん、沙耶さん。ちゃんと話すのは初めてっすかね。佐々木《ささき》誠也です」

「未央です。よろしく」

短いが普通《ふつう》の挨拶《あいさつ》を返した未央に、誠也は目をパチクリとさせる。

「いや〜、なんか竹部さん1、2年生の頃《ころ》とは印象大分違うな」

「お、その話聞きたいんだよな。未央って1、2年生の頃はどんな感じだったの？」

「一言で言えば近寄りがたい感じだったっすね。いつも独りで佇《たたず》んでたっすけど、それがまた絵になるっていうか」

「ただのボッチだったただけなのにな」

「ちょっ……佐々木君。私の黒歴史をほじくり返さないでよ」

未央は、顔を赤くしてシーッ！　と口元に人差し指を当てている。

「あ、本人はそういう認識《にんしき》なんっすか？　結構、学内に氷の令嬢《れいじょう》のファンって多かったのに」

「そのキャラは、徐々《じょじょ》に払拭《ふっしょく》していくつもりよ……」

「アハハッ！　でも、今のキャラはキャラでいいっすね」

「それで、佐々木君と明日斗は何つながりの友達なの？」

イジられ慣れない未央は、落ち着かない様子で話題の転換《てんかん》を図《はか》った。

「球技大会のサッカーのBチームのチームメイトさ。誠也もサッカー経験者なんだぜ」

「は？　Bチーム？　仙崎《せんざき》先輩が？　U－15世代の至宝が？　何かの間違いですよね!?」

さっきまで大人しく俺達の会話のラリーをただ聞いているだけだった沙耶が、いきなり会話に入り込んできた。

「うわっ！　急に声量変わってビックリした……っていうか、え？　この子、明日斗君の正体知って……あ！　ひょっとしてこの子が、俺より先に明日斗君の正体に気付いたって言ってた」

「そ。沙耶は筋金入りのサッカーマニアで、サッカー関連の話になるとキャラが変わるんだ」

「あ～沙耶さんって、どこかで聞いたことある名前だと思ったら、2年生で男子から人気ある女子ですよね。竹部さんと同じ寡黙《かもく》だけど、小柄《こがら》で可愛《かわい》いって評判の」

「私のことはどうでもいいです。先程言っていた仙崎先輩が球技大会のサッカーでBチームってどういうことなんですか？」

沙耶がえらい剣幕《けんまく》で、俺に詰《つ》め寄る。

「どうもこうも、チーム分けしたのは王子様だからな」

「わたし抗議《こうぎ》してきます！　王子様だかなんだか知りませんが、仙崎先輩の凄《すご》さを知らずにメンバー決めとかアホを通り越《こ》して間抜《まぬ》けです！」

「ちょ、ちょ！　待て沙耶！　俺の正体がバレちゃうだろが」

憮然《ぶぜん》とした顔でズンズンとこの場を去ろうと歩いていく沙耶を、俺は慌《あわ》てて止める。

なぜ止めるのかと抗議する沙耶を俺が必死になだめているのを横目に、未央と誠也が話し出す。

「佐々木君も明日斗の正体知ってるの？」

「ええ」

「そうなんだ。佐々木君は何をキッカケに明日斗がジュニアユースの選手って知ったの？」

「この間、駅前で明日斗君と竹部さんが歩いてて、竹部さんが非売品っぽい登呂《とろ》ヴィナーレのジャージ羽織ってるのを見た切欠《きっかけ》っす」

「あれ見られてたんだ……恥ずかし……」

「彼氏《かれし》ワイシャツみたいで可愛かったっすよ」

「彼氏……」

「いいっすね幼馴染《おさななじみ》同士って。応援《おうえん》するっすよ」

「んん〜？　応援ってなんのことかな〜？」

「いや、隠せてないっすからね。竹部さんの表情や感情表現が豊かになったのって、明らかに明日斗君が転入してきてからじゃないっすか。周囲にはとっくに、『氷の令嬢、幼馴染にベタ惚《ぼ》れじゃん……』ってバレてますよ」

「あ……そうなんだ」

「だから、思いっきり明日斗君にぶつかっていけばいいんじゃないっすか？」

「うん……ありがとう」

「二人でなにのんびり話してんだ！　ちょっと未央、沙耶おさえるの手伝え！」

ガルガルしている沙耶を後ろから羽交《はが》い締《じ》めにして抑《おさ》えているのだが、その小さな体躯《たいく》からは想像できないパワーに、俺もいっぱいいっぱいだ。

「明日斗、誠也君いい人ね」

「お、そうか。仲良くなったようで何よ……じゃなくて！　沙耶を何とかしてくれ！」

「沙耶ならサッカーの話すれば治まるんじゃない？」

「それだ！　沙耶、球技大会のことなんだけどフォーメーションのことで相談があるんだが」

俺がサッカーに関する話題を振《ふ》った途端《とたん》、沙耶はピタリと暴れるのを止《や》めて冷静な顔になったの

で、羽交い締めを解くと、

「話を詳《くわ》しく聞きましょうか」

メガネをクイッと指先で持ち上げながら、沙耶がミニホワイトボードを覗き込んできた。

その後、結局俺と誠也と沙耶の3人であーでもない、こーでもない、こういうシーンの時はどうするんだ、そんな高度な作戦やフォーメーションは球技大会の素人《しろうと》じゃ実現できないだとか、カンカンガクガクの議論が取り交《か》わされ、結局俺達はお弁当をほとんど食べられずに終わった。

なお、早々に俺達の話について行けなくなった未央は、一人だけお弁当を食べ終わり、校内に迷い込んできた野良猫と遊んでいた。

「寂《さび》しくなんてないし……」

とボソッと痩《や》せ我慢《がまん》の独り言が、しゃがみこんだ未央の背中から発せられた。

◆

「この間は悪かったな」

「別に～、話について行けなかった私が悪いんですし～」

未央は、前回の4人でのお昼のお弁当タイムから、明らかにへそを曲げている。

そのため、こうして翌日の昼休みの文芸部の部室での二人のお弁当タイムは、俺の謝罪から始まった。

勝手に一緒に食べると言って沙耶を連れて合流しておいて、未央のご機嫌《きげん》取りを強《し》いられているのは理不尽《りふじん》さを感じないでもない。とはいえ、ボッチ時代のことを未央に思い出させてしまったのも事実なので、ここは大らかに対応する。

「俺はたしかにサッカーは大好きなんだけど、サッカーから離《はな》れて未央と他愛ない話をするこの時間が好きなんだよな」

「ブフッ！」

未央が、食べていたホウレン草の胡麻和《ごまあ》えを噴《ふ》き出す。すり胡麻が気管支に入ってむせったのだろうか？

「誠也や沙耶も、こっちに戻《もど》ってから出来た大切な友人だ。けど、この場所や時間は俺と未央二人だけの秘密にしておきたいんだ」

「ふえ……」

「4人で遊んだり話すのも楽しいだろうけど、未央と二人だけの時間もかけがえのな――」

「も……もうわかったから止めて……子供みたいにむくれてて悪かったわ……ごめんなさい」

未央が限界という風に、顔を真っ赤にしながら俺の肩《かた》を掴《つか》む。

機嫌が直ってくれて何よりだ。

「弁当食べ終わったらビブリオバトルの練習してみるか」

お弁当を食べ終わった頃合《ころあ》いに、未央に提案してみる。

「え？　何も準備してないんだけど……」

未央は虚《きょ》をつかれたように面食らった、弱気な発言をする。

「こういうのは場数だろ。ネットでいくつかビブリオバトルの動画観《み》てきたから、素人《しろうと》の俺の感想でもある程度は指針になるだろ」

「で、でも……」

「恥ずかしがることなんてないさ。俺と未央の仲だろ？」

「う、うん……わかった……」

おずおずと席から立ちあがり、長机の前に立った未央は、不安げな顔をしながらも、真剣な表情で見つめる俺の顔を見て、同じくキリッと表情を真剣なものに引き締《し》めて、言葉を紡《つむ》ぎだした。

「私の紹介《しょうかい》したい本は、『華《はな》より紅《あか》く』です。この本は〜」

その後の5分間という定められた時間を、未央は綺麗《きれい》に使い切って、プレゼンは終わった。

「本来はここで聴衆《ちょうしゅう》からの質問タイムだけど、まずはプレゼン部分のブラシュアップのためにプレゼンについての感想を言うな」

「うん」

「まず、初回で時間きっちりで綺麗に纏《まと》まってるのは凄い。練習してたんだろ？　未央」

「うん、本当は家で草案つくって何回も練習した。最初は、明日斗の気に入ってくれた華より紅くでやってみようと思って」

「そうか、凄いな」

「えへへ……」

頑張《がんば》っていたのを褒《ほ》められて、素直《すなお》に未央は喜んでいた。

「たしかに話は綺麗に纏まっていた。けど、今のプレゼンはあらすじの紹介でしかなかったという印象を抱《いだ》いた」

「……」

「これは俺が華より紅くの内容をよく知っているからこそ、余計に強く感じたのかもしれない。さっきのは、見せ場を盛り込んだ上手《うま》いプレゼンだったよ。けど、逆に言えば未央のプレゼンを聴《き》くだけで満足してしまう結果になる」

「そっか……」

「課題は、聴いている人に思わず続きを読んでみたいと思わせる引きだな」

「うーん、その点は私も悩《なや》んでるのよね。あと、本番に紹介する作品も悩み中。意外性のある本の方が良いかな？」

「練習の時はそれもありだけど、そこはビブリオバトルの本懐《ほんかい》に基《もと》づいて、自分が今推《お》したい本を選べばいいんじゃないか。今の自分の経験を絡《から》めるのもいいかもな」

「自分が……今……経験……」

俺の言った言葉をリフレインしながら、未央は考え込む。

「そういう本なら自ずと紹介にも力が入るだろ」

「うん、そうだね考えてみる。よし！　今は明日斗の言う通り場数ね。次は、『橋梁《きょうりょう》の構造計算の全《すべ》て』の本のプレゼン練習するわよ」

「どういう本のチョイスだ……」

「図書館で目をつぶって棚《たな》から選んだの。読んでみたら結構面白《おもしろ》かったのよ」

そう言いながら、未央は分厚いハードカバーの専門書を手に持って、再び5分間のプレゼンタイムが始まった。

球技大会予選リーグ

「師匠《ししょう》！　どんな御用《ごよう》でしょう！」

今、時間ある？　とメッセージを送ったら、即行《そっこう》で電話がかかってきた。

「大した用じゃないから、別にメッセのやり取りで良かったんだけど。あと、タメなんだから師匠って呼ぶのはやめてくれって、いつも言ってるだろ」

「すいません！　師匠！」

全然わかってねぇ……

クラブでの練習後のロッカールームで、俺《おれ》は神谷天彦《かみやあまひこ》と電話で通話していた。

天彦は、この県で俺以外の唯一《ゆいいつ》のU－15日本代表のメンバーだ。

クラブのジュニアユースメンバーが多い代表メンバーにおいて、部活出身で知り合いがいなくて緊張《きんちょう》していた天彦に、同郷で同ポジションの俺が声をかけたのがきっかけで懐《なつ》かれているのだ。

「県内の選手で、中川王司《なかがわおうじ》って選手知ってるか？」

「え？　俺以外に師匠のお眼鏡にかなう選手が？」

ギリギリとハンカチを噛《か》んでいるような歯ぎしりの音が電話の向こうから聞こえる。

「いや、同じ学校の選手でな。県選抜《せんばつ》の選考会に呼ばれる程度の選手みたいだが」

「なんだ、師匠と同じ学校の。ん？　それって、この間、聡太《そうた》がグループチャットに書き込《こ》んでた例の……」

「そうそう。俺が入部拒否《きょひ》されたサッカー部の奴《やつ》」

「正直聞いたことない選手ですが、今、俺の絶許リストの筆頭に載《の》りました」

「そうか、天彦も知らないか。まぁ、球技大会でプレーは見れるだろうからいいか」

色々因縁《いんねん》もあるし、部活の時間にはサッカー部のグラウンドには近づかないようにしているので、まだ王子様のプレーは見たことがない。

ただ、天彦の印象に残っていないということは、その程度の選手なのだろう。

「球技大会？」

「うちの学校の球技大会でサッカーするんだよ、明日」

「マジですか⁉　こうしちゃいられない。失礼します師匠！」

電話が切られた。

天彦から電話切るなんて珍《めずら》しいな。いつもは、こっちがうんざりするくらい、サッカー談義をさせられるのに。

「明日斗《あすと》、球技大会でサッカーすんの？　お前が出るとか反則じゃん」

横で電話の内容を聞いていた聡太が、着替《きが》えながら笑っている。

「俺は期待されてないBチームだから良いんだよ」

「明日斗Bチームなの⁉」

「王子様の指示で、出涸《でが》らしメンバーが集まったBチームのキャプテンを任されたよ」

「ウハハハッ！　ジュニアユースクラブとU－15日本代表のキャプテンが中学の球技大会でBチームって！　でも結局キャプテンはやるのジワるわ」

聡太は最近、王子様のやらかしエピソードが大のお気に入りだ。

ベンチをバンバン叩《たた》きながら笑っている。

「まぁ、ただの親睦会《しんぼくかい》みたいなものだから適当にやるさ」

「ケガしないようにスパイクとレガースは着けとけよ」

「あいよ」

バッグに磨《みが》いたスパイクを入れながら、俺はとっとと帰ろうと、ロッカールームを後にした。

聡太の「王子様の新エピソード待ってるからな！」という声を背中に投げかけられながら。

◆

球技大会当日。

天候は晴れで、気温はさほど高くない。

良き球技大会日和《びより》だ。

「クラスメイトとの親睦も結構だが、勝負にこだわることも大事なことだ。我が校のサッカー部は常に上を目指し……」

と、鬼頭《きとう》のどうでもいい演説のような開会の挨拶《あいさつ》を聞いて、球技大会は始まった。

4チームごとのグループに分かれて総当たり戦。グループ内1位のチームが決勝トーナメントに進む。

すぐに試合が始まるので、俺は持ってきたスパイクとレガースを着ける。土のグラウンドのスパイクを使うのは久しぶりだ。

「一丁前にスパイクを履《は》くのかい？」

振《ふ》り返ると、王子様とAチームの面々がいた。

「ただのスニーカーでサッカーするとケガするからな」

「相手への威嚇《いかく》のつもりかい？　まあハッタリにはなるだろうね」

こいつとはどうも、会話が微妙《びみょう》に成り立たないな。自分が話したいことを話すことで、会話が成立していると思い込んでいるような感じだ。

「そっちもスパイク履いてるじゃないか」

「初心者とのプレーでケガをしちゃいけないからね」

その理由には同意するが、威嚇って意味じゃ、何人もスパイクを履いたサッカー部がいるAチームの方がよっぽどである。

「ちなみに君達Bチームの目標はなんだい？」

「ケガなく無理なく楽しくかな」

「野心のないリーダーだね。僕《ぼく》達Aチームは昨日、僕の指揮のもと連携《れんけい》練習をした。優勝に死角はないよ」

勝ち誇《ほこ》ったように話す王子様と話すのがしんどくなってきた。聡太へ話す新ネタが増えたなと、やや逃避《とうひ》的な思考をして頭の中のモヤモヤをごまかす。

「じゃあ、これから試合が始まるから。午後の決勝トーナメントの応援《おうえん》は全員参加だからね」

ようやくマウントを取ることに満足したのか、自分達のグループの方へ王子様とAチームが戻《もど》っていった。

そろそろ、こちらも試合が始まる。俺はBチームの面々に顔を向けた。

皆《みな》、大して闘志《とうし》などないという顔をしているが、俺はここで皆に作戦を提示した。

◆

「よし！　全勝で決勝リーグ進出だ！」

王子様こと王司は、試合終了《しゅうりょう》のホイッスルを聞いて、ガッツポーズした。

「お疲《つか》れ様、王司くん」

クラスの女子達が、ワラワラと王子様の元に駆《か》け寄ってきた。

「ありがとう」

「女子のバレーは、２チームとも負けちゃったよ～」

「じゃあ午後の応援に皆来てよ」

「行く行く～♪」

女子達と語らいながら、自分の予想通りに現実が推移していることに、王司は満足感を得ていた。

さて、決勝トーナメント、相手はどこかな？　大会本部のテントに貼《は》られた決勝トーナメントの組み合わせ表を見て、王司は目を見開いた。

「え！　Bチームも決勝トーナメント進出⁉」

「す、凄《すご》いね。決勝トーナメント4チームのうち、2チームがうちのクラスだ」

「Bチームはグループのメンツが偶々《たまたま》良かったのかな〜」

女子達が微妙な反応なのは、あからさまに王子様の機嫌《きげん》が悪くなっているからだ。

クラスの2チームともが勝ち上がったのだから本来喜ばしいことなのに、憎悪《ぞうお》を隠《かく》しきれていない。

「けど、運が良かったBチームも、流石《さすが》に次は負けちゃうだろうね」

「私達は勝ってくれるAチームの応援に行くから」

「Bチームの男子達もボロ負けするとこ見られたくないだろうしね〜キャハハハッ」

「ああ……そうだね。応援頼《たの》むよ」

女子達のおべっかに、ようやく機嫌を直した王子様は、いつもの笑顔《えがお》を貼り付けた。

◆

決勝トーナメントは4チーム。1組のAチームとBチームは別の山になったので、準決勝から潰《つぶ》し合いということにはならなかった。

「しかし、あっちの試合と違《ちが》って、露骨《ろこつ》に観客の数が少ないな」

俺は、昼食休憩《きゅうけい》を挟《はさ》んだため、冷えた身体《からだ》を温めるためにアップがてら、グラウンド周りを軽くランをしながら回っている。

試合開始までまだ時間があるが、観客はあからさまにAチームの試合の行われる方へ集まっている。流石はこの学校の王子様だ。

「さっき、クラスの女子達が、応援は皆、Aチームの方に行くって言ってたっす」

「嬉《うれ》しくない情報ありがとよ、誠也《せいや》」

俺は誠也と並走しながら二人でグラウンドを回りつつボヤいた。

「クラスの女子のほとんどはAチームの応援みたいっすけど、どうやら二人はこっちに来てくれるみたいっすよ」

誠也が走りながら顎《あご》をしゃくった方を見ると、向こうから未央《みお》と沙耶《さや》がゆっくりとこちらに歩いてきているところが見えた。

騙し討ち

「未央《みお》、応援《おうえん》に来てくれたんだな」

「私のチームも沙耶《さや》のチームも負けちゃったからね。明日斗《あすと》達は凄《すご》いわね。予選リーグ突破《とっぱ》して」

「Aチームの方はいいのか？」

「さっきクソ王子が何か話しかけてきたけど、興味ないから聞き流したわ」

「あ、あの先輩《せんぱい》は竹部《たけべ》先輩に『君のために勝つよ』ってい、言ってました」

「うひ～、わざわざ言わないでよ沙耶。サブイボでちゃったじゃない」

まもなく試合が始まるということで、Aチームの方の試合会場は益々《ますます》人が集まってきている。

こちらも、相手チームのクラスの応援団が来ているが、既《すで》に敗退が決まったクラスの生徒達は、軒《のき》並《な》み向こうの試合の観戦をするようだ。

「今日の俺《おれ》はディフェンダーだから見てても楽しくないと思うぞ」

「この人、『俺が最終防衛ラインで守るから皆《みんな》攻《せ》めろ作戦』って言って、他の皆に攻めさせてるんっすよ」

「サッカーのこと楽しんでもらうには、まずはフォワードやって点取ってもらうのが一番だからな」

いつの間にか、俺と未央の話している後ろから、誠也《せいや》が話しかけてきた。

サッカーはやっぱり点を取るのが楽しいし、何より自信になる。

最初は動きが硬《かた》かったBチームの面々も、作戦がハマると攻撃《こうげき》にも自信が湧《わ》いてきて、それがよりプレーの精度を上げるという好循環《こうじゅんかん》に至って、チームは良い雰囲気《ふんいき》だ。

「仙崎《せんざき》先輩、準決勝はどういう作戦で行くんですか?」

沙耶はハァハァ言いながら、待ちきれないという顔で俺の方を覗《のぞ》き込《こ》む。

「以前、昼休みに話してた沙耶の作戦を採用しようかと思う」

「やったぁぁぁ! 敵のデータがない状態での作戦立案は甚《はなは》だ不本意ですが、これが一番良い策かと思います」

「いや、沙耶さん。球技大会にそんなマジに……」

「何を言ってるんです? 佐々木《ささき》先輩。この作戦では中盤《ちゅうばん》のリーダーである貴方《あなた》がカギなんですよ。仙崎先輩は守備にかかりきりになるでしょうから。もっとシャンとしてください!」

「はい……すんませんっす」

「沙耶の前でサッカーで手抜《てぬ》きなんて禁句もいいところよ、佐々木君」

沙耶の気迫《きはく》に気圧《けお》されている誠也を見て、未央はコロコロッと笑った。

そうこうしている内に、まもなく準決勝がはじまる旨《むね》のアナウンスが大会本部の放送席から流れた。

◆

「頑張《がんば》って～！　王子様～！」

「キャア！　ボール奪《うば》った！」

「シュートカッコイイイィ！」

王子様率いるAチームは、王子様が3点目を入れて試合を決定付けたところで、終了《しゅうりょう》のホイッスルが鳴った。

王子様は、芝居《しばい》がかった所作で、相手チームの選手やチームメイト達と握手《あくしゅ》を交《か》わした。その美しき姿に、女子達はすっかり見惚《みと》れている。

（これで氷の令嬢《れいじょう》も俺に惚《ほ》れてくれたかな）

物事はすべて自分の思い通りに進む。サッカーも女も。自分にはその力があるのだから。

そんな万能《ばんのう》感から来る自信を漂《ただよ》わせながら、王司《おうじ》はクラスの女子達がいる辺りに近づいていく。

「カッコ良かった～！」

「一人で3点も決めて凄いね！」

他の女子達からの賞賛の声は右から左へ聞き流し、適当に相槌《あいづち》を打ちながら、王子様は想《おも》い人の未央の姿を捜《さが》す。

しかし、いくら捜しても見つからない。

「明日斗、決勝進出おめでとう」

「ナイスゲームでした先輩達」

「未央、沙耶、応援ありがとな」

「ショートカウンター狙《ねら》いで守備はハイプレス気味に。沙耶さんの作戦、ズバリはまったっすね」

「素人目《しろうとめ》にも終始、Bチームが攻めてる感じで観《み》てて面白《おもしろ》かったわ」

「ショートプレス最大のデメリットの、裏の大きく空いたスペースを仙崎先輩の圧倒《あっとう》的な守備力で補えてこそです。佐々木先輩はちょっと前がかりすぎる場面が多かったので、そこを注意してください」

「はいっす……」

「沙耶は厳しいな～。けどチームメイトの皆が自分達のプレーに自信もってきたから、採用するには良い頃合《ころあ》いの戦略だった。おかげで、より皆の自信が深まったって感じになった」

ワイワイ親しげに話す明日斗達の一団が王子様の後ろを横切っていき、大会本部へ勝利の報告に行くのに、王子様の目は釘付《くぎづ》けとなった。

氷の令嬢と、あの小柄《こがら》な女子は確か1学年下の小柄で可愛《かわい》いことで有名な子であることに王子様は気付く。

（なんでアイツの周りばかりに……！）

想い人が、まるで自分なんて目に入っていないとばかりに、幼馴染《おさななじみ》とかいうポッと出の男と親しげに喋《しゃべ》っていること、自分には向けられたことのない笑顔《えがお》を向けていることは、王子様には耐《た》えがたいことであったが、何よりも……

「君がそうやって、凡百《ぼんぴゃく》な女に成り下がるのを見てられない」

未央が楽しそうに、笑顔で仲間達と談笑《だんしょう》している様が、なにより王子様には耐えがたいものであるようだ。

王子様は、未央は氷の令嬢であることが、孤高《ここう》でミステリアスであることこそが、彼女の重要な要素であると考えているようであった。

これは、未央という氷の令嬢が自分にだけに笑顔を見せることで、己《おのれ》が特別であるということを認識《にんしき》できるという、王子様の歪《ゆが》んだ選民意識が働いているが故《ゆえ》の独りよがりな考え方であった。

「僕《ぼく》が君を救ってあげるよ」

王子様は、未央を救うためというお題目で、あの幼馴染の男を引き剥《は》がすための算段を頭の中で巡《めぐ》らした。

◆

決勝戦が始まる前に、グラウンド整備をするということで、小休止がてらの待機時間となった。

決勝戦はまさかの、同クラスのチーム同士の組み合わせとなったため、どっちのチームが勝っても、優勝は我らが3年1組なんだから、試合は行わず、両チーム優勝にしても良いような気がする。

しかし、大会本部にいる鬼頭《きとう》が、きっちり順位をつけることに意義があるとか何とか言って譲《ゆず》らず、決勝戦の実施《じっし》が決定された。

やりづらいが仕方がないと、決勝の作戦を練っていると、

「仙崎。ちょっといいかな？」

「試合前になんだ？　中川《なかがわ》くん」

俺は、作戦会議の輪から外れて尋《たず》ねた。

「今回、同一クラスチーム同士での決勝になってしまった。これでは、せっかくの決勝戦が盛り上がらない」

「まぁ、そうだな」

その点は俺も気にかかっていた。作戦そっちのけで、試合中どうやって盛り上げようかということばかり考えていた。

「そこでだ。この試合を盛り上げるために、両キャプテン間で勝負をしないか？」

「勝負？」

「懸《か》けるものは、お互《たが》いの退部届提出だ。君は負けたら文芸部を退部してもらう」

「は？　意味がわからん。お断りだ」

俺は即座《そくざ》に断った。

「なんだい、怖気《おじけ》づいたのかい？」

「勝負に乗るメリットがなさすぎる。勝ってお前の退部届なんか貰っても、俺は嬉《うれ》しくねぇぞ」

Bチームが負けて、文芸部を退部になるのはもちろん嫌《いや》だ。そしてBチームが勝ったとして、実際に奴《やつ》に退部届を出させて退部させるなんてしたら、俺は全校生徒から総すかんを食らうことになる。

「ほう……僕のチームに勝とうっていうのかい？」

「勝っても負けても意味のない勝負をする気がないっていうだけだ。勝負は不成立。話はこれで終わりなら、俺はもう行くぞ」

話を打ち切り、俺はチームのもとに戻《もど》ろうとした。

「いいや、君に断るなんていう選択肢《せんたくし》はないんだよ」

王子様が何かの合図のように手を上に挙げた。

『え～こちら放送席、放送席。ここで会場の皆さんにお知らせです。男子サッカーの決勝戦は、両キャプテンが自身の退部届提出を懸けた真剣《しんけん》勝負となるようです。繰《く》り返します』

校庭に、大会本部からのアナウンスが広がる。

「てめぇ、何してくれやがんだ」

俺は王子様を睨《にら》みつけた。

こいつ、最初から俺の意志に関係なく、なし崩《くず》しに勝負に引きずりこもうとしてやがったな。アナウンスの準備をさせてたのがその証拠《しょうこ》だ。こんなの騙し討ちだ。

「さぁ、お祭りだし盛り上げようじゃないか」

王子様は腕《うで》を広げて、邪悪《じゃあく》な笑みを浮《う》かべていた。


決勝戦。

先程《さきほど》のアナウンスが効いたのか、観客達も盛り上がっている。

すわ、クラス内の主導権争いだの、これは実質、氷の令嬢を懸けた戦いだの、外野は色んな憶測《おくそく》を並べ立てて盛り上がっている。

俺は周囲の雑音は無視して、静かにポジションについた。

今までの試合でのディフェンダーの位置より少し前。俺は、作戦通りにある選手のマンマークについた。

「君が相手か。直接対決なら、勝ち負けがより明確になるね」

喜色満面という顔で、王子様が笑みを向ける。

「……ハァ。後で未央への説明が面倒《めんどう》だが、今は考えないでおくか」

俺はユラリと低い体勢で身構え、スイッチを入れた。

「本気でやってやるよ王子様。いい加減バカにもわかるように、力の違《ちが》いってやつを見せてやる」

俺の、相手を蹂躙《じゅうりん》する宣言と同時に、試合開始のホイッスルが鳴った。

「は！　何を言うかと思ったらハッタリか？」

「ほらボール来たぞ。初回サービスだ。ファーストタッチは譲ってやる」

スクリーン気味に王子様の目線を遮《さえぎ》るために被《かぶ》せていた身体《からだ》をヒョイと斜《なな》めにして、パスの通る道を空けてやる。

「うおっと！」

急に視界が開けて急にパスが来た形になったので、王子様は辛《かろ》うじてトラップはしたが、ボールが足元におさまらない。

俺はあっさりとボールを奪い、前線へパスを出す。仕事を終えて俺は王子様を見やる。

「今のは、ただのミスだ！　急にボールが来たから！」

「ああ、今みたいなミスは確かにもう起きないだろうな」

俺は言い訳をする王子様に一瞥《いちべつ》をくれて、目線はピッチの前に向けた。

「当たり前さ。僕は本来あんなトラップミスなんて」

「勘違《かんちが》いするなよ。お前がミスらないって話じゃない」

「……なに？」

本当に言葉の意味を考えあぐねているという顔をしている間抜《まぬ》けヅラに、俺は親切に再度振《ふ》り返って、王子様の顔を見ながら説明を畳《たた》み掛《か》ける。

「お前がこの試合でインプレー中に、まともに触《さわ》る最初で最後のボールがさっきのトラップミスだってことだ」

「何を言って……」

「バカにもわかりやすく言ってやる。お前はこの後、ろくにボールにも触《ふ》れず、俺に完封《かんぷう》されて為《な》す術《すべ》もなく負けるってことだよ」

一瞬《いっしゅん》のフリーズの後、王子様の顔がみるみる紅潮し、身体がワナワナと震《ふる》えている。本当に見ていてわかりやすい奴だ。

「お前は完全に僕を怒《おこ》らせ」

「安心しろ。俺はとっくにキレてるんだよ」

被せるように言って、俺は王子様の言葉を遮った。

王子様にわからせる

「素人《しろうと》しかいないチームに負けただと⁉　馬鹿者《ばかもの》！」

大会本部テントにいる鬼頭《きとう》教諭《きょうゆ》の前に、準決勝で明日斗《あすと》達のチームに敗れたチームのサッカー部員が並ばされていた。

「全く。素人チームが決勝の相手なんて、中川《なかがわ》のチームも試合がやりにくいではないか。お前達のせいだぞ！　後で、中川に謝《あやま》っておけ」

「はい……」

サッカー部員達は下を向いて俯《うつむ》いていた。

「あの……監督《かんとく》。仙崎《せんざき》という人は何なんでしょうか？」

「ああん？　あの転入生がなんだ？」

「敗戦の言い訳ではないのですが、我々は当初攻《せ》められ続けて浮足立《うきあしだ》ちましたが、徐々《じょじょ》に状況《じょうきょう》を把《は》握《あく》して、前のめり気味の相手のスキを突《つ》いてロングカウンターを狙《ねら》っていました」

「しかし、あの仙崎という選手の守備がとてつもなく、悉《ことごと》く攻撃《こうげき》の芽は潰《つぶ》されました。攻められ続けて焦《あせ》って、こちらもつい前のめりになってしまったところを見透《みす》かされたように、さらに攻められてゴールを奪《うば》われました」

「あれは明らかに、素人ではない試合運びでした」

実際にピッチで明日斗と対峙《たいじ》したサッカー部員達は、彼《かれ》のプレーについて口々に語った。

この中学のサッカー部は県大会で上位に食い込《こ》むチームだ。故《ゆえ》に格上とのレベル差というのも肌《はだ》感で体感してきている。

先程《さきほど》の準決勝の試合は、明らかに格上にいいようにやられて、受け潰されてしまったという感じで、断じて素人チームのラッキーパンチが当たったという類の試合内容ではなかった。

「奴《やつ》は前の学校ではサッカー部にいたようだが、前の学校は県大会にすら出れていない弱小校だ！　下手な言い訳をするな！　もういい、中川達の応援《おうえん》に行け！」

鬼頭が大会本部の長机をダンッ！　と叩《たた》き、サッカー部員達は萎縮《いしゆく》しながら、大会本部テントを後にした。

「全く、決勝でサッカー部同士《ご》の模範《もはん》的な試合を全校に披露《ひろう》しようとしたのに」

ブツブツと鬼頭は独り言ちる。

あの転入生の、前の中学校からの申し送り資料には、協調性にやや欠けるという記載《きさい》以外は、平《へい》凡《ぼん》そのものだった。

サッカー王国である静岡《しずおか》県の学校からの転入だが、同校のサッカー部は特に強くない平凡な成績だった。

「まぁ当初の予定とは違《ちが》うが、素人チームをうちのサッカー部のチームが圧倒《あっとう》的に蹂躙《じゅうりん》するというのを全校に見せつけるのも、悪くはないか」

そう言いながら、鬼頭は決勝戦の試合を観戦しようと、ピッチへ向かった。

◆

「ぐっ！」

Aチームの戦略は、偵察《ていさつ》なんてしていなくても手に取るようにわかる。

マイボールになったら王子様にボールを預ける。

それだけだ。

「はい、動き出し遅《おそ》いし初期加速が遅い」

空いたスペースへのパスに王子様が走り込もうとするが、俺《おれ》にあえなくカットされる。

「パス出しもっと精度上げろ！」

王子様は苛立《いらだ》ったように、パスの供給元のミッドフィルダーを怒鳴《どな》りつけた。

「いや、今のはお前の走り出しが遅いだけだよ」

俺は試合中にもかかわらず、王子様に冷たくダメ出しをする。

普段《ふだん》はもちろん対戦相手にこんな失礼なことはしないが、これは正式な試合じゃないし、何より
こいつは越《こ》えちゃいけないラインを越えた。

人の退部届提出なんてものを強引《ごういん》に懸《か》けさせやがったんだ。

当然負けるわけにはいかないし、二度とこんなふざけた真似《まね》をしでかす気が起きないように、徹《てっ》

底的《てい》に潰す。

「この！　素人がエラそうに」

「ほら次のパスが来るぞ」

王子様も反応して、前に走り出したが、俺は自軍のゴールを背にして正確にパスの軌道《きどう》を見定めてトラップしてボールをキープする。

「今のパスは、ポストプレーでボールキープして自軍の上がりを待つべき場面だろ。まぁ、俺がへばりついてたらキープするのはキツイだろうけど」

「う、うるさい！　よこせ！」

王子様は強引に俺の背後からチャージをかけるが、

「体幹が弱い。ちゃんとコアトレーニングやってるのか？」

余裕《よゆう》を持ってキープして、相手の攻撃陣《こうげきじん》が釣《つ》り出されてこちらに上がってきたところで、カウンターパスを出す。

Aチームは慌《あわ》てて守備に戻《もど》る。

パスを受けた誠也《せいや》が右サイドに自ら切り込み、シュートを放つが、相手ディフェンダーに当たり、ボールはAチームゴール側のラインからフィールド外に出た。こちらのコーナーキックだ。

「俺が蹴《け》る」

そうBチームのメンバーに言って、俺はボールをコーナーに置き、目を閉じてボールの軌道をイメージする。

目を開き、味方と敵の位置を最終確認する。

「誠也！　もっと俺の側《そば》にこい！」

大きな声で、周りにも聞こえるように誠也へゴール前のポジショニングを指示する。先程、シュートを放った誠也を、Aチームは否応《いやおう》なく警戒《けいかい》して一緒《いっしょ》にポジションを動かす。

その直後、迷いなく俺はコーナーから一蹴《いっしゅう》した。

回転がかけられたボールは、先程のイメージ通りにファー側のゴール隅《すみ》へ直接叩き込まれた。


「「「おおおおぉぉ!!」」」


鮮《あざ》やかな先制点に思わず、Aチーム持ちだった観客もどよめき、拍手《はくしゅ》が起きる。

「ナイスシュート！　明日斗〜！」

未央《みお》が喜んで拍手しているのが見えた。弾《はじ》けるような笑顔《えがお》を見せている。

先程の、俺の退部届提出を懸けた勝負云々《うんぬん》のアナウンスは当然、未央の耳にも入っていただろう。

未央をさぞ不安にさせただろうと思うと、あらためて王子様をこの場で叩き潰してやらねばと決意を新たにする。

「流石《さすが》っすね。ナイスシュート！」

「すまんな。美味《おい》しいところ貰《もら》っちまって」

「何言ってんすか。この試合は俺に暴れさせてくれって、既《すで》に試合前にBチームの皆《みんな》に頭下げたじゃないっすか。自由にやりたい放題やっちゃってくださいよ」

誠也がおどけながら答える。

「そうですよ。それに、予選では僕《ぼく》達が楽しくプレーできるように尽力《じんりょく》してくれたじゃないですか」

「俺、サッカーで点決めたの初めてです。体育のサッカーなんて今まで地蔵みたいに立ってて、突《とっ》破《ぱ》されたら文句言われてって感じだったのに。感謝してます」

「だから、最後の試合くらい自由にやっちゃってください」

他のBチームのメンバーも口々に後押《あとお》しをしてくる。

「けど、これじゃあ俺のワンマンショーになっちゃうぞ」

「むしろそれが見たいんっすよ。それに……」

誠也がチョイチョイと手招きして皆を集めると小声で、

「日頃《ひごろ》あれだけエバッてる王子様が惨敗《ざんぱい》してるのが見たいんっすよ」

とBチームのメンバーにこぼした。


「「「それな！」」」


腹を抱《かか》えて笑うBチームの面々を前に、俺も胸のつかえがとれた。

「よし、じゃあ徹底的にやったるか」

「「　おう！　」」

俺達《たち》は試合再開のため、自分のポジションに戻っていった。


ピッ！

審判《しんぱん》の笛で試合が再開された。

相手は相変わらず王子様にパスを供給するが、あっという間に俺に刈《か》り取られる。

作戦の変更《へんこう》とかしないのか。先程のこちらの得点直後で何か修正してくるかと思ったが、キャプテンの王子様は何も具体的に指示は出していないようだ。

客観的に見て、既に王子様は俺と一対一でマッチアップしたら必ず負けるというのは、Aチームのチームメイトはわかっている。

解っていながら、王子様の指示がない以上、パスは王子様へ集めるしかない。俺にボールを奪われることをわかっていながら。

無意味な作業を行うことは苦痛を伴《ともな》い、モチベーションを下げる。そのため、ますますAチームのパス精度は落ちていく。

「そろそろ陰険《いんけん》な受け潰しは止《や》めとくよ」

再開直後のパスを難なくカットした俺は、ボールを止めて、王子様に話しかけた。

「なんだと」

「俺とお前の格付けはもう済んだし、これ以上やると、ただの弱い者いじめになるからな」

「ぼ、ぼ、ぼ、僕を弱者……だと」

憤怒《ふんぬ》の感情がもし炎《ほのお》として現出するなら、今の王子様の憤怒の炎は、さぞかし景気のいい勢いの火柱となるだろう。

自分が先に直接対決で白黒はっきりさせるみたいなことを言ってた癖《くせ》に。

「球技大会なんてお祭りみたいなもんなんだろ？　せっかくだし派手に盛り上げてやるよ、王子様」

そう笑いながら言うと、俺はドリブルで敵陣《てきじん》へ突っ込んでいく。

トップレベルのフォワードである俺の初速に、ボールを持っていない状態で全力で走っているにもかかわらず、王子様はあっという間に俺から振《ふ》り切られていた。

ドリブルのスピードはそのままに、基本のアウトターンからエラシコと、次々に中央を突破してペナルティエリア手前まで進入。

左右のディフェンダーが距離《きょり》を詰《つ》めるが、シュートレンジが狭《せば》まる前に右脚《みぎあし》を一閃《いっせん》！

電光石火のドリブルからの鮮やかなミドルシュートがゴールネットを揺《ゆ》らす。

失点直後に、またしてもあっけなく失点を重ねたＡチームは呆然《ぼうぜん》とするしかなかった。

未央の心中

『繰り返しお伝えします。お互《たが》いのキャプテンが退部届提出を懸《か》けて勝負します』

場内のアナウンスを聞いた時、私は最初、言っている内容の意味がわからなかった。

「は？　退部!?」

なんでそんなものを懸けて、明日斗《あすと》とあのクソ王子がサッカーなんてしなきゃいけないのよ！

パニックになった私を、隣《となり》にいた沙耶《さや》がなだめてくれなかったら、私は取り乱してその場で叫《さけ》んでいただろう。

沙耶は、少しでも明日斗達の助けになってくると言って、ピッチ外のコーチングをしてくると最前列を陣取《じんど》って、普段《ふだん》からは考えられないような大声でBチームの選手に色々と指示出しをしている。

これから決勝戦が始まるが、私は怖《こわ》くて試合が行われるピッチを直視できないでいた。

確かに、さっきの準決勝は凄《すご》かった。

サッカーしている時の真剣《しんけん》な顔の明日斗、やっぱりカッコ良かったな……

と……今は、そんなことを考えている場合じゃない。

Aチームは、あのクソ王子がサッカー部員や運動神経の良い男子を集めている。

たかが、ただの親睦会《しんぼくかい》の球技大会でサッカー部がマジで勝ちに行くとか、あのクソ王子は本当に残念な奴《やつ》だ。

練習風景を見せてもらった時は今いちピンと来てなかったけど、今日実際にサッカーの試合として観《み》ると、明日斗がどうやら凄い選手だということは流石《さすが》に疑いようがない。

けど、それでも明日斗と佐々木《ささき》君だけでどうにかなるのかな？

この試合に負けたら、明日斗が文芸部から居なくなる。

また、あの部室に独りぼっち……

「嫌《いや》だ！」

明日斗が文芸部に来てくれて楽しかった。

ビブリオバトル大会への参加も、背中を押《お》してくれた。

一緒《いっしょ》に練習に付き合ってくれるって言った！　だから勝って！

決勝戦の始まる前の明日斗は、なんだか怖かった。あの放送があってから、険しい表情をしていた。

一体、あのクソ王子とどういう経緯《けいい》でこんなことになったのか、聞くに聞けなかった。

ひょっとして、明日斗もクラブの練習が忙《いそが》しいから、文芸部を辞《や》めるいい口実を探していた？

ふと、そんな不安が心の中をよぎった。

それは、小さいけど急激に大きくなって、私の心の中を塗《ぬ》りつぶしていく。

今、思い返してみると、私はかなり強引《ごういん》に明日斗を文芸部に入れた。

明日斗は成り行き上、その場で断りづらくて、けど後から、やっぱり文芸部は嫌だって思ったんじゃ……

どんどんネガティブな思考に陥《おちい》っていた中、

ピッ！


と、決勝戦の試合開始の笛が鳴った。

とにかく、勇気を出せ私！　目をつぶっているだけじゃ何も進まないんだって、この中学の2年間で嫌って程《ほど》わかってるじゃない。

私は恐《おそ》る恐る、人垣《ひとがき》の間から試合を覗《のぞ》き込《こ》んだ。

明日斗は……あれ？　さっきより前の方にいる。

そして、クソ王子にピッタリとマークしている。

「あ、ボールが来た」

するとクソ王子がトラップしたボールを明日斗が簡単に奪《うば》って処理する。

その後、何度もクソ王子の所にパスがくるけど、ことごとく明日斗にカットされて、クソ王子はまともにボールに触《さわ》れてさえいない。

さっきの準決勝と一緒だけど、毎回一対一で競《せ》り合っているから、自《おの》ずと素人《しろうと》の私にもレベル差がわかってくる。

明日斗の方がクソ王子よりも強い。

観客もAチームのチームメイトも当初こそは「ドンマイ！」「次、つぎ！」とクソ王子に声援《せいえん》を送っていたが、今は静かになっている。

そして、王子様でボールがBチームに渡《わた》るということが数回繰《く》り返されると、不意に明日斗が長いパスを蹴《け》り出した。

そのパスは正確に、佐々木君の方へ飛んでいった。

準決勝でもゴールを決めた佐々木君のシュートは惜《お》しくも相手に阻《はば》まれるけど、Bチームのコーナーキックになった。

蹴るのは明日斗だ。

「誠也《せいや》！」と、明日斗が佐々木君のポジショニングについて指示を出す。

また佐々木君へパスしてゴールを狙《ねら》うのかな、と思っていたら明日斗が蹴った。

佐々木君が前方に走り出る。

一緒にAチームの選手がそれを身体を寄せて防ごうとする。

しかし、ボールは佐々木君の上を通り過ぎていき、まるでゴールに吸い込まれるように軌道《きどう》を曲げて、ゴールネットを揺《ゆ》らした。

「おおおぉぉ！」

Aチーム持ちだったはずの観客も、鮮《あざ》やかなシュートに思わずどよめいた。

「ナイスシュート！　明日斗〜！」

端《はな》からBチーム持ちだった私は、拍手《はくしゅ》しながら大きな声で声援を送った。

そんな私を見た周りは、

「え⁉　氷の令嬢《れいじょう》ってあんな大きな声出たの？」

「っていうか、笑顔《えがお》なの初めて見た」

とか言っているが、そんなことは今はどうでもいい。

点が入ったんだから、守備があんな強い明日斗がいれば、このまま準決勝みたいにこの1点を守り切ればBチームの勝ちだ。

「そうすれば、明日斗は文芸部に……」

ここでまた、先程試合前に浮《う》かんだ不安が再び顔を覗かせた。

明日斗は本当に文芸部にいていいのかな？

目の前でサッカーをしている明日斗は本当に楽しそうだ。

またボールを奪って、軽《かろ》やかにドリブルしながら相手ゴールへ向けて駆《か》け上がっていく明日斗の姿をボーッと見る。

何でもないことのようにボールを操《あやつ》り相手を抜《ぬ》き去る明日斗に、観客からも徐々《じょじょ》に歓声《かんせい》が上がるようになってきた。

そして、遠くから放った豪快《ごうかい》な明日斗のシュートがゴールに突《つ》き刺《さ》さると、その歓声は更《さら》に大きくなっていった。

これで2－0。

ここに来て、ようやくAチームはクソ王子にパスを出すのを諦《あきら》めて、別のサイドにパスを展開しだした。

いい感じにAチームのパスが繋《つな》がるが、いつの間にか後ろに下がっていた明日斗に、見透《みす》かされたようにパスカットされた。

今度は自陣《じじん》の最奥《さいおう》から、ドリブルで敵陣へ駆け上がる明日斗を見て、Aチームは必死に守備に戻《もど》る。

左右と前面を3人のディフェンダーに詰《つ》められるけど、構わずディフェンダーを引き連れながらボールをキープし続けた明日斗は左サイドへ折れていく。

と、突如《とつじょ》、明日斗はノールックで軸足《じくあし》の後ろをクロスする形で左足の内側でボールを右側に蹴り出した。

「うおおおラボーナ！」

観戦していた男子生徒達が騒《さわ》いでいる。

パスの先には、フリーのBチームの攻撃陣《こうげきじん》が二人詰めていて、ゴール前で決定的な状《じょう》況《きょう》となり、シュートする。

ゴールキーパーはシュートを何とか弾《はじ》くが、こぼれ球をもう一人がゴールへ押し込んだ。

明日斗と佐々木君にディフェンダーを厚く配置したのが裏目に出た形で、Aチームは3点目の失点を喫《きっ》した。

「マジかよ⁉　これ見てみろよ！」

歓声で騒がしい中、私の隣で観戦していた男子が、スマホの画面を見ながら素《す》っ頓《とん》狂《きょう》な声を上げる。

「ん？　お前、スマホ禁止なんだから、教師に見られたら没収《ぼっしゅう》されるぞ」

「それどころじゃないって、とにかく見ろ！」

先程素っ頓狂な声を上げた男子は、友人と思《おぼ》しき男子にスマホを眼前に突きつける。

「何だよ全く……え？　仙崎《せんざき》って……」

「顔も名前も一緒……だよな？」

「うおおぉぉお！　U－15代表選手とかマジか⁉　おい皆《みんな》、聞け聞け！」

興奮した男子二人は、グループに大きな声でスマホを見せながら話し出した。

「あの転入生、サッカーU－15日本代表だってよ！」

「え⁉　登呂《とろ》ヴィナーレのジュニアユース所属⁉」

「俺等《おれら》世代のトップの中のトップじゃん！」

「登呂ヴィナーレってプロのチームは知ってるけど、ジュニアユースってなに～？」

「U－15日本代表も、わかんな～い」

「女子はよく知らないか。ジュニアユースってのは、簡単に言えば、プロサッカー選手の候補生だよ」

「U－15日本代表ってのは中学生世代での国内トップ選手が集まって、世界大会に出たりするんだよ」

その時、話を聞いていた多くの女子達の目が怪《あや》しく光った気がした。

「へぇ～、仙崎くんってプロサッカー選手になるかもなんだ～」

「海外でも活躍《かつやく》してるんだぁ～。私、英語得意だから支えてあげられるな～」

「将来、ワールドカップも出るかもだよね～奥《おく》さんなら応援《おうえん》に行かないとね～」

「今からワールドカップの関係者観戦席でフェイスペイントして祈《いの》るポーズの練習しなきゃ」

「えーと、『プロサッカー選手　年収』で検索《けんさく》っと」


マズい。

とうとうクラブのサイトも、旧姓《きゅうせい》の佐藤《さとう》から仙崎に更新《こうしん》されていたようで、明日斗のことが、最悪のタイミングでバレた。

衆人環視《しゅうじんかんし》のもと、サッカーで華麗《かれい》なプレーを見せて活躍するってだけで、既に惚《ほ》れさせ要素抜群《ばつぐん》なのに、実は肩書《かたがき》や経歴もド派手なんて、恋《こい》する女の子の大好物じゃない。

玉の輿《こし》乗っちゃおうかな～なんて軽口叩《たた》いているメス共《ども》はまだいい。

周囲を見渡《みわた》すと、喋《しゃべ》らずにポ～ッとトロけたような顔で明日斗を目で追っている女子が何人もいる。

今日この場だけで、明日斗への厄介《やっかい》ガチ恋勢が、何人も生まれてしまった。

転入生が実はサッカーU－15日本代表なんて面白《おもしろ》い話、今はSNSを使って簡単に全校どころか近隣《きんりん》の中学にまで広がってしまうだろう。

そして、今は女子のバレーの試合を観てる子達からも、更にガチ恋勢が増えて……

「私は、今後どうすれば良いの⁉」

答えの出ない自問自答で頭の中がグルグルしている。

　そのせいで私は、明日斗がゴール前で、ディフェンスで寄りかかってきていたクソ王子を物ともせずに弾き飛ばしながら、ヘディングシュートで4点目を獲得しているシーンを見逃《みのが》してしまった。

崩れるのはあっという間

「なんだか観客がやけに盛り上がってるな」

王子様がいるAチーム持ちの観客が多いのはわかっていたので、Aチームがボロ負けしている現《げん》況《きょう》から、てっきり俺《おれ》は会場のテンションはヒエヒエに盛り下がっていくことになると思っていたのだ。

事実、前半はそんな感じだったのだが、いつの間にか応《おう》援《えん》の声が活発になって、しかも俺達《たち》Bチームへの声《せい》援《えん》の方が圧《あっ》倒《とう》的に多くなっている。

「何ででしょうね？　バンドワゴン効果？」

誠《せい》也《や》もちょっと予想外だったようだ。

「ま、当の王子様があの体《てい》たらくですからね」

誠也が、顎《あご》をしゃくって視線を投げる。

王子様は膝《ひざ》に手をついて苦しそうにしていた。

「明日斗《あすと》くんへのマンマークでオフェンスもディフェンスも走りっ放しっすからね。それで、王子様はマッチアップしてみてどうっすか?」

「基本を疎《おろそ》かにしてる派手なプレーだけ好きな子供」

「辛辣《しんらつ》~」

「基本動作の反復練習やコアトレみたいな地味なトレーニングを積めば、もっと良くなるがな。指導者に恵《めぐ》まれなかったな」

「そこ、本当に大事っすよね」

「誠也、お前も高校ではちゃんとしたサッカー部のある高校へ行った方がいい」

「と、突然《とつぜん》なんっすか?」

困惑《こんわく》気味に俺の方を見る誠也に俺は畳《たた》みかける。

「今日何試合かやってみて改めて思ったけど、かなりいいセンス持ってると思う。正直もったいない」

「ハハッ……沙耶《さや》さんにはダメ出しされまくってましたけどね」

「冗談《じょうだん》じゃなくてマジで言ってるからな。俺も沙耶も、サッカーに関して世辞は言わない」

照れ隠《かく》しのように冗談めかす誠也に、マジのトーンで俺は伝えた。今後の誠也の人生は誠也自身のものだから無論選択権《せんたくけん》は誠也にあるが、外野として精一杯《せいいっぱい》に伝えたいことだってあるのだ。

「ハハッ……サッカーは趣味《しゅみ》でやれれば良いやって昨日まで思ってたっすけど、明日斗君みたいな一流の人と一緒《いっしょ》にサッカーやれたら楽しすぎって知っちゃいましたからね。高校ではちょっと考えてみます」

そう言いながら、誠也は手をヒラヒラさせながらポジションに戻《もど》っていく。

さて、スコアは4－0でBチームのリード。

残り時間は3分を切った。

あと1プレーで試合終了《しゅうりょう》のホイッスルだろう。それは、もう、この点差は覆《くつがえ》らないことを意味していた。

Aチームは諦《あきら》めに支配された顔でうなだれていて、Aチームのサッカー部員にいたっては絶望したような表情を浮《う》かべている。

諦めは身体《からだ》の疲労《ひろう》感を倍増させ、モチベーションの低下は思考力の低下をもたらす。

Aチームのキックオフで試合が再開されるが、安易なパス回しを俺がカットする。

俺がボールを奪《うば》っただけで、なぜか観客から歓声《かんせい》が上がった。

既《すで》に諦めで身体が重そうな相手の様子を見て、綺麗《きれい》な動作を相手に見せるように、シザーズやエラシコ、クライフターンで次々に抜《ぬ》いていく。

Aチームも最早《もはや》、俺を止められると思っていないのか、鮮《あざ》やかに抜かれた後を呆然《ぼうぜん》と見送る。

もう少しでペナルティエリア内という所で、最後のディフェンダーが立ちはだかる。

「お前だけはぁぁぁぁああ‼」

王子様が鬼《おに》の形相で、腕《うで》を大きく広げながらこちらに突進《とっしん》してくる。

はて？　いつから俺はラグビーに参加していたのだろうか？　まぁ、ラグビーのタックルだと考えてもお粗末《そまつ》な姿だが。

その姿は、まるで小動物が精一杯自分を大きく見せようと威嚇《いかく》しているような様だ。

ちょうどペナルティエリア内に入ったから、わざと手に当ててハンドでPKを貰《もら》うのも一つの手だが、それじゃ締《し》まらない終局だな。

と、王子様が上手《うま》く相手ゴールキーパーの視界を塞《ふさ》ぐ位置に来た。


決断は一瞬《いっしゅん》。


俺はあえてのトーキックでボールに前回転を与《あた》えながら、王子様の無様に開いた股下《またした》を通して蹴《け》り転がした。

ボールは地面を弾《はず》みながら、しかし高速で転がって、ゴールの下側右隅《すみ》を狙《ねら》う。

王子様がブラインドになったせいでキーパーの反応が遅《おく》れたが、何とか横っ飛びで転がるボールに手が触《ふ》れる。

しかし、前回転を与えられているボールは、キーパーの手が触れてもなおゴールに向かう勢いを失わず、無情にもゴールへ吸い込《こ》まれた。

「よし。これで終わり……」

と、ここで俺の足元に衝撃《しょうげき》がくる。

突進している最中に股下を抜かれた王子様が、突進の勢いそのままに、シュートを放った俺の右足の膝にぶつかったのだ。

俺の膝の方は何も痛くはなかった。

股下を抜かれたショックで、王子様の突進の勢いも緩《ゆる》んで、そこまでではなかったのだろう。

しかし、膝が当たった王子様のやわらかい部分の被害《ひがい》は甚大《じんだい》であった。

「むぐぅぅぅ……」

王子様は股間《こかん》を押《お》さえて、その場にうずくまってしまった。

「うわぁ……」

思わず俺は声を上げてしまった。

独りよがりなクソ野郎《やろう》だし、そもそもアソコを俺の膝に打ち付けたのは王子様の自業自得《じごう》だが、それでも同じ男としてちょっと同情した。


ピッピッピ～～！


ここで試合終了のホイッスルが鳴った。

5－0で3年1組Bチームの優勝だ。

結局、なんだか締まらない終わりだったなと苦笑いしながら、俺はBチームの喜びの輪へと駆《か》け出して行った。

◆

「ハァハァ……」

王子様はチームメイトに抱《かか》えられて運ばれ、大会本部の簡易救護ベッドで横になって、股間の痛みに喘《あえ》ぎながら、脂汗《あぶらあせ》をたらし苦痛が和《やわ》らぐのを待つしかない。

その後、ようやく起き上がれそうな程《ほど》には回復してきていたが、王子様は今グラウンドで執《と》り行われている表彰式《ひょうしょうしき》など見たくもないので、そのまま横たわっていた。

「よーし。ムービーばっちり撮《と》れたぜ」

ふいに聞いた覚えがある声が耳に入り、王子様は頭を傾《かたむ》ける。

「久能山《くのうざん》中学の神谷天彦《かみやあまひこ》⁉」

そこに居るはずのない意外すぎる人物に、思わず王子様は下腹部の鈍痛《どんつう》も忘れ、大きな声でベッドから起き上がった。

「ん？　俺のこと、知ってんの？」

「そりゃ県下最強、去年、中体連の全国大会準優勝の久能山中学のエースフォワードのことはね。なんだい、偵察《ていさつ》にでも来たのかな？」

「いや、お前誰《だれ》やねん、馴《な》れ馴れしいぞ」

天彦は興味のない視線を王子様にチラリと向け、すぐにグラウンドに視線を戻す。

「自分は去年、中体連の県大会、準決勝で久能山中に敗れた」

「あ！　表彰式が終わったみたいやな。師匠《ししょう》～～！♪」

天彦はグラウンドに駆け出していった。

他校のサッカー部を自由にさせておくわけにはいかないと、王子様も慌《あわ》てて天彦の跡《あと》を追った。

「明日斗師匠～～！　バッチリ見せてもらいましたよ～！」

「は⁉　え、天彦なんでいるの？」

表彰式が終わると、U－15日本代表メンバーの天彦が話しかけてきて、俺は驚《おどろ》いた。天彦の中学は同県内だが、気軽に行き来できる距離《きょり》ではない。それに今日は平日だ。

「学校サボって来ちゃいました。途中《とちゅう》、電車の乗《の》り換《か》えミスって、着いたら既に決勝でしたけど」

「サボりって……全く」

「U－15日本代表合宿以外で師匠のプレーが見れる貴重な機会ですからね」

「もっと早く来てれば、俺がディフェンダーやってた貴重な試合が拝めたのに」

「ぐあぁぁあぁ！　マジっすか⁉　見たかった～～～」

天彦がガチで悔《くや》しそうにしていると、後ろから王子様がこちらに来た。

「おい、神谷。部外者が勝手に歩き回るな」

「あれ、二人とも知り合いなのか？」

「いや、全然知らねっす。こいつ馴れ馴れしいんっすよ」

俺の問い掛《か》けに天彦が即《そく》否定する。

「去年の中体連の県大会準決勝を憶《おぼ》えてないのか？」

王子様が、ショックを受けたように天彦に問いただす。

「安心しろ王子様。こいつは、自分が認めた人間じゃないと顔や名前を全然憶えられないサッカーバカなんだ」

「何を会話に入ってきてるんだ仙崎《せんざき》。これはこの県でトップクラスの選手同士の語らいで」

「師匠に何をナマこいてんだ、あ？」

大柄《おおがら》な体格の天彦が王子様の眼前に詰《つ》め寄り見下ろしてくるのに、原初的な恐怖《きょうふ》を覚えた王子様は、思わず立ちすくんでしまった。

「っていうか、王子様これっすか？」

「そうだよ。この人が、U－15日本代表のグループチャットで今や人気者の王子様だ」

「へえー、こいつがね……。あ、師匠が表彰式中に、グループチャットにさっきの決勝の試合の動画アップしといたっす」

「おう、あんがと。うわ、早速《さっそく》コメント欄《らん》に聡太《そうた》から『素人《しろうと》イジメ最低』って書かれてるわ」

「おい。さっきから何なんだ仙崎！」

「あー、王子様はさっきまで股間押さえて脂汗たらしてたから、まだ知らないのか。俺、サッカーのU－15日本代表なんだよね。所属クラブは登呂《とろ》ヴィナーレのジュニアユース」


「……は？」


「さっきの決勝戦で校内バレしちゃったんだよな」

「逆にサッカー部の奴《やつ》らに今まで気付かれなかったのが奇跡《きせき》っすね」

唖然《あぜん》として、口をあんぐりと開けた間抜《まぬ》けな顔で固まる王子様。

天彦は、ギャハギャハ笑いながら王子様の間抜け面《づら》の写真をスマホで何枚も撮っている。

と、不意に王子様の頭がグワシッと掴《つか》まれて、地面へ叩《たた》きつけられるような勢いで腰《こし》を90度近くまで曲げられ、深く頭《こうべ》を垂れる体勢となった。

「数々の中川《なかがわ》の無礼、失礼した！　仙崎くん。君には是非《ぜひ》サッカー部に入部してほしい！」

王子様の背後から現れたのは、サッカー部顧問《こもん》の鬼頭《きとう》だった。

「あれ？　俺はサッカー部に入部拒否《きょひ》されてませんでしたっけ？　どういう風の吹《ふ》き回しです？」

俺はすっとぼけて、鬼頭へ尋ねてみた。

「いや〜仙崎君も人が悪いじゃないか。U－15日本代表に選出されてる凄《すご》い選手だと言ってくれればいいのに、ガハハッ！　このバカにはよくよく説教しとくから！　な？」

そう言いながら、お辞儀《じぎ》させられたままの王子様の後頭部をバシバシ叩く。

あの時は、こっちの話に耳を傾ける気がなさそうだったから話さなかっただけなんだがな。

そして、自分の非は笑って誤魔化《ごまか》し、全《すべ》て王子様におっかぶせるか……

虚偽《きょぎ》の報告をしていた王子様が悪いのは確かだが、それだけを鵜呑《うの》みにして沙汰《さた》を下した自分は安全圏《あんぜんけん》に置いたままとは……

相変わらず信用には値《あたい》しない大人だな。

「聞かれなかったので。あと、俺はサッカー部には入れないですよ。ジュニアユース所属だと部活のサッカー部には入れない決まりです」

事務的に俺が返答すると、

「いや、前の中学ではサッカー部にも籍《せき》置いてたんだろ？　試合の日だけ参加してくれりゃいいからさ」

ん？　何のことだ？

「俺は前の中学でもサッカー部には入ってないです。陸上部の幽霊部員《ゆうれい》でした」

「ん？　いや、そんな訳はないぞ。前の静岡県《しずおかけん》の中学から中学のサッカー部に在籍《ざいせき》していたと申し送りを受けてるぞ。ホントはこっそりクラブには内緒《ないしょ》で出てたんだろ？　だからこっちでも」

「何かの間違《まちが》いです！　自分は学校のサッカー部には入っていません。前の中学校に確認《かくにん》してください！」

「あ、ああ。わかった」

自分が、こっそりルール違反《いはん》をしていたのではと言われて、眉《まゆ》をひそめながら全否定する。

俺の否定する剣幕《けんまく》に、一旦《いったん》、鬼頭は引いていった。

天彦に鬼頭に、変な横槍《よこやり》が入りまくったが、ようやくこれで本題に入れる。

「さて、王子様。試合前に決めた勝負の条件、忘れてないよなぁ？」

「あれは……」

「全校放送まで使って大々的に周知してくれやがったんだ。今更《いまさら》、吹っ掛けた本人が吐《は》いた唾《つば》飲むような真似《まね》しないよな？」

「あ……あ……」

俺はニッコリ笑って王子様に言い放った。

今朝までの自信に満ち溢《あふ》れていた王子様は、もう影《かげ》も形もない。

「してもらおうか。タ・イ・ブ」

「すいませんで」

「そういうのいいから」

土下座でもしようとしたのか、膝を地面につけようとした王子様を、天彦が王子様の腕を掴んで引っ立てる。

天彦に俺が目だけで合図したのを、天彦は的確に汲《く》み取ってくれた。

「土下座して俺を悪者にしたいの？」

「いえ、そんな……」

「謝罪は要らないよ。俺は勝負の条件が履行《りこう》されれば、それでいいから」

「あの……退部は勘弁《かんべん》してください！」

「出来ないの？　なんで出来もしないことを懸けて勝負してるの？」

「それは……その……」

「人を勝負に強制参加させといて、いざ自分が負けたら、勝負の負けはなしにしてくれとか、何考えてるの？」

「…………」

俺はしばらく無言で待ったが、王子様は唇《くちびる》を噛《か》み締めながら俯《うつむ》いてるだけだ。

俺はハァ……と大げさにため息をついてみせた。

「俺が出す代案を履行するなら退部はなしにしてやる」

「ほ、本当ですか⁉」

退部がなしになると聞いて、王子様の表情に僅《わず》かな希望の光がさした。

「簡単だよ。今回の件、事実を学内放送で公表しろ」

「あの……事実とは？」

「騙《だま》し討《う》ちで俺を勝負に巻き込んだこと、負けたのに本当に退部するのは嫌《いや》だから俺に勘弁してもらったこと」

「そ、それは……」

「事実を端的《たんてき》に述べろ。今、文案書いてやる。それとも退部がいいのか？」

「………代案の方でお願いします」

「よし、じゃあこの通り読めよ。そろそろ大会本部片付けられるから、すぐやるぞ」

「うう……」

俺は迅速《じんそく》に原稿《げんこう》を書き上げて、半泣きの王子様を後ろに従えて、撤収《てっしゅう》作業を始めかけていた放送席へ待ったをかけにいった。

氷解

「はぁ……」

球技大会の表彰式《ひょうしょうしき》が終わって、私は文芸部の部室の机に突《つ》っ伏《ぷ》していた。

本来はすぐに教室に戻《もど》るべきだが、一人になりたくて部室に来ていた。

表彰式の時にも周りは、明日斗《あすと》の噂《うわさ》で持ちきりだった。

こんな何の変哲《へんてつ》もない公立中学校に降って湧《わ》いた華《はな》やかな話題に、皆《みな》が色めき立っていた。

幼馴染《おさななじみ》の私に、明日斗のことを聞いてみようとヒソヒソ話していたのが耳に入って、面倒《めんどう》なことになりそうだと思ったのも、文芸部の部室に避難《ひなん》した理由の一つだ。

けど、こんなのは一時的な逃避《とうひ》に過ぎない。

明日斗を取り巻く環境《かんきょう》は、今日で一変した。

学内では私と沙耶と佐々木君だけが知っていた明日斗の秘密。

いや、私自身は明日斗が凄《すご》いサッカー選手であること自体は、好意を寄せる上では大した要素ではなかった。

むしろ、サッカーのために高校からまた離《はな》れ離《ばな》れになってしまうんだから、私にとってはマイナス要素ですらある。

あの日、明日斗が小学校を転校すると先生から発表された時。

小さな頃《ころ》から当たり前のように一緒《いっしょ》に遊んでいた明日斗が居なくなる。

その当たり前が失くなってしまうことに恐怖《きょうふ》して、私は泣いた。

最初は仲の良い幼馴染と離れてしまうのが寂《さび》しくて、私は泣いていたのかと思っていた。

けど、それは違《ちが》った。

明日斗に私を覚えていてほしくて、私を忘れてほしくなくて、文を書くのは苦手なのに私は明日斗に手紙を出し続けた。

毎回、何度も書き直すから、そんなに頻繁《ひんぱん》に送れなかったけど。

「なんで自分は苦手なものなのに、こんなに頑張《がんば》って文通を続けているのだろう？」

それを考えたときに、答えは私が明日斗のことが好きだからという結論に落ち着いた。

中学では氷の令嬢《れいじょう》の仮面を被《かぶ》った私でも、手紙の中ではただの未央《みお》になれた。

手紙を書くのに役立つかと思って、本をたくさん読んで、文芸部に入った。

明日斗から、こっちに戻ってくるという手紙が来た時は、私は嬉《うれ》しくて嬉しくて、自分の部屋で布団《ふとん》を被って転がりまわった。

けど、それは中学3年生の1年間だけ。

また文通をする生活が始まるのか……

けど、今は以前と状況《じょうきょう》が違う。

明日斗に将来性があるなら、遠距離恋愛《えんきょりれんあい》でも構わないなんて女子も、相当数いるだろう。

これじゃあ、激戦は必至。

私と明日斗の昼休みや部活の二人きりの時間にも横槍《よこやり》が入るだろう。

きっと男女を問わず人気者になって、昼休みに色んな人から誘《さそ》われて、私はきっとまたこの文芸部の部室で一人でお弁当を食べるんだ。

あ……そういえば、明日斗のBチームが勝ったから、一先《ひとま》ず明日斗の退部はないよね。

「なら、部活の日は会え……」

けど、明日斗は本当のところ、私と一緒の文芸部をどう思っているんだろう……？

また悪い方悪い方へ思考が沈《しず》んでいってしまいそうな気配がしたところ、

『こちら放送席放送席。先程《さきほど》の決勝の勝負についてお話があるので、皆様《みなさま》お聞きください』

文芸部の部室にあるスピーカーから校内放送が入った。

放送部員のアナウンスのあと、マイクを受け渡《わた》したようなボッという音がした。

『この度《たび》、わたくし中川王司《なかがわおうじ》は、仙崎《せんざき》明日斗さんの同意を得ていないにもかかわらず、本件球技大会において、お互《たが》いの退部届提出を懸けるという勝負を広く周知してしまいました』

スピーカーから押《お》し殺したような沈痛《ちんつう》な声音で、クソ王子の声が流れた。

じゃあ、明日斗はあのクソから一方的に勝負を吹《ふ》っ掛《か》けられただけなんだ。

明日斗が、決して勝負に乗り気ではなかったんだということがわかって、私は少し安堵《あんど》した。

『また、そんな一方的な勝負を挑《いど》んでおいたにもかかわらず私は敗北してしまいましたが、勝負の敗北時の条件の履行《りこう》を仙崎さんにご容赦《ようしゃ》していただきました』

「だっさ！」

あのクソを形容するのにこれ以外の言葉が見つからない。

『今回の寛大《かんだい》な措置《そち》に感謝し、今後、仙崎明日斗さんへご迷惑《めいわく》をおかけしないことを誓《ちか》います。中川王司』

まるで役所の謝罪会見のようなクソの謝罪が終わった。

これであのクソは、この学校での発言権を大きく損なっただろう。

『あ、ついでに一言俺《おれ》も』

またボボッとマイクを受け渡すような音がスピーカーから流れたかと思うと、明日斗の声がした。

何だろう？　クソとのことはこれで解決したと思うんだけど。

『仙崎明日斗です』

「キャー！」と黄色い女子達の歓声《かんせい》が、文芸部部室のドアごしにも微《かす》かに聞こえた。

『文芸部は俺と、氷の令嬢こと未央との愛の巣なので、皆さん近付かないでください。以上』


「「「「ギャアアアァァァ!!」」」」


今度は文芸部部室のドアごしでもはっきりと聞こえるくらい、男女問わずの悲鳴が聞こえてきた。

「え？　…………え？」

あ……あ、愛の巣⁉

急に何なの⁉　……何なのー⁉

私は予想外の事態に、今後のことを想像しようにも頭が全く働かなくなってしばし呆然《ぼうぜん》とした。

呆然とした後に湧いてきた感情は、意外にも怒《いか》りの感情だった。

これ、私はどんな顔して教室に戻ればいいのよ！　明日斗ってば、なんて恥《は》ずかしいことを……‼

これからのことを想像したら、既《すで》に顔から火が出るようだ。

「お、いたいた。やっぱりここか」

「ホギャアァァァ！」

突然《とつぜん》部室のドアが開いて、つい変な声が出てしまった。

「なんだ、その叫《さけ》び声」

「あ、明日斗……」

「ほら、教室一緒に戻るぞ」

「ムリムリムリ」

「ずっとここに閉じこもってるわけにはいかないだろ」

「誰《だれ》のせいだと思ってるのよ！」

ポカポカと明日斗の胸を叩《たた》きながら私は抗議《こうぎ》した。

「未央は嫌《いや》だった？」

明日斗が真剣《しんけん》な顔を向けた。

私のポカポカなぐっていた拳《こぶし》がピタリと止まる。

「い……嫌じゃない……」

俯《うつむ》きながらだけど、私は精一杯《せいいっぱい》の勇気を振《ふ》り絞《しぼ》った。顔を真っ赤っかにしながら泣きそうな顔で、我ながら格好《かっこう》がつかないなと思った。

「良かった～。俺も王子様みたいに訂正《ていせい》と謝罪放送しなきゃならないかと思ったよ」

「ちょちょ！」

ガバッと明日斗に抱《だ》きつかれて、私は目を白黒させた。

今日は心臓に悪いことが多すぎる。

「あ、悪い。まだ着替《きが》えてないから汗臭《あせくさ》いよな」

「そういう意味じゃなくて……」

「あの放送終わったら、すぐにここに駆《か》けつけたからさ」

「すぐに来てくれたんだ……」

この胸に湧き上がってくる熱いものは何なんだろう。

何だかキューンとするような。

「大方、俺が校内のスターになって寂しいとか思って、部室で黄昏《たそが》れてたんだろ？」

「はぁ⁉　ち、ちがうし！　それに校内のスターって言ったら、氷の令嬢の私の方が年季入ってるし！」

「よし。じゃあその校内のスターをまとめて殺しに行くか」

「スターを……殺す？」

「二人で教室戻って交際宣言したら、氷の令嬢もU－15日本代表も他人様《ひとさま》のものってことで、人気大暴落さ」

「そんなの恥ずかしすぎるでしょ！」

「こういうのは一気に爆発大炎上《ばくはつだいえんじょう》で燃やしちゃうのが、結局鎮火《ちんか》するのも早いんだよ」

「けど……」

「さっきの放送で、数日くらいなら牽制《けんせい》になるだろうけど、二人はまだ付き合ってないってバレたら、きっと横恋慕《よこれんぼ》が湧くぞ」

「うぐ……」

「俺もU－15日本代表なのがバレて、まだ1日目だからな。もう少しチヤホヤされる期間があっても」

「いいわよ！　やったろうじゃないの！」

「その素《す》の姿が皆の前で出せたらバッチリだよ」

私は覚悟《かくご》を決めて、明日斗が差し出した手を握《にぎ》って、文芸部の部室を後にした。

明日斗が文芸部に本当にいたいのかどうかと悩《なや》んで、私の心に根をはろうとしていた悩みは綺麗《きれい》さっぱり氷解してしまっていて、まるで私が被っていた氷の令嬢の仮面も割れて消えてしまったようだった。

練習

「「この度は申し訳ありませんでした」」

校長室の応接ソファにて、校長と鬼頭《きとう》が深々と頭を下げていた。頭頂部をさらす相手は、俺《おれ》と保護者である母さんだ。

「それで、結局、紛失《ふんしつ》していた転校前の学校からの申し送りの書類は見つかったんですね？」

「はい。他の教諭《きょうゆ》数人がかりで担任の岡部《おかべ》の机上、キャビネットを捜索《そうさく》したところ、無関係のファイルにはさまっているのが見つかりました」

母の晴子《はるこ》が問いかけると、鬼頭が説明用の紙資料を忙《せわ》しなくめくりながら説明した。緊張《きんちょう》しているためか、紙資料を持つ鬼頭の手はかすかに震《ふる》えている。

「担任の先生は代わるんですよね？」

「はい。岡部教諭は、先日より休暇《きゅうか》で自宅待機にしています。急遽《きゅうきょ》、担任が代わってしまい申し訳――」

「新学期早々でまだ私は1回しか会ったことがないので、どうでもいいです」

普段《ふだん》は飄々《ひょうひょう》としている母だが、怒《おこ》ると怖《こわ》いんだよな。

校長と鬼頭は額の汗《あせ》を拭《ぬぐ》っている。

「捏造《ねつぞう》されたっていう俺の申し送り資料って何が書いてあったんだろ。内容気になるわ」

「茶化すんならあんたは黙《だま》ってな」

「はい……」

せっかく俺が軽口を叩《たた》いて場を和《なご》ませようとしたのに。

けど、こうなった母さんには大人しく従っておくのが良いと、俺は長年の経験から知っていたので素直《すなお》に黙っておいた。

「それで、今後はどうするのです？」

母が、値踏《ねぶ》みをするのを隠《かく》そうともしない目つきで校長を眺《なが》める。

「はい。今回の話し合いの場をもうけさせていただいたのは他でもありません。出来れば、今回の件は何卒《なにとぞ》、寛大《かんだい》な……ほら、幸運にも個人情報は外部に出ておりませんし」

「そう仰《おつしや》ると思ったので、私の方で既《すで》に転校前の静岡《しずおか》県の中学と教育委員会には話をしておきました」

「そ、そんな！」

「むこうの中学にはお世話になっておりましたからね。それに、今回の件でむこうの中学を蚊帳《かや》の外に置くわけにいかないでしょうに。お怒《いか》りみたいですよ、むこうの中学校と市の教育委員会は」

やはり思った通りかと、諦念《ていねん》を帯びた顔で母はあっさりと校長の提案をはねのけた。

「こちらは何もマスコミに情報を流して目立とうなんて思っていません。ただ、ルールにのっとって嘘《うそ》ごまかしなく処分、処理が行われることを希望するだけです」

「「…………」」

押《お》し黙ってしまった校長と鬼頭を尻目《しりめ》に、母は応接テーブルに置かれた緑茶にゆっくりと口をつけた。

「では失礼します。行くよ、明日斗《あすと》」

「はーい。失礼しました」

母の後ろについて俺もそそくさと校長室をあとにする。

二人が去った後、残された校長と鬼頭はしばらく、応接室のソファで無言でうなだれることしか出来なかった。

◆

「ねぇ明日斗、もう一回しよ♪」

昼休みの文芸部の部室。

梅雨《つゆ》がもうすぐ終わりかけで暑さが段々と強くなってきた日、俺と未央《みお》は汗だくになっていた。

「またかよ。ちょっと休憩《きゅうけい》してから……」

「や～！　早くしたいの！　昼休み終わっちゃう」

「付き合ってるこっちがもたないよ」

「そう言いながら、明日斗ってば毎回色んなこと試《ため》すじゃない」

「そりゃ、未央のちょっと苦しそうにしてる顔が見たいからな」

「イジワル……けど、攻《せ》められるの嫌《きら》いじゃないかも」

「俺も性《しょう》に合ってるかもな。フォワードだからかな？　しかし、未央は最初の頃《ころ》と比べると随分《ずいぶん》積極的になったな」

「初めての時は緊張したけど今は……ね」

「よし回復！　やるぞ」

「うん♪　やろ♪」

◆

「私の紹介《しょうかい》したい本は～」

俺達《たち》は今日も今日とて、未央のビブリオバトルの練習をしていた。

ビブリオバトルとは、自分の好きな本を5分間の持ち時間を使い切るようにして、聴衆《ちょうしゅう》にプレゼンして、誰《だれ》の紹介した本が一番読みたくなったかを投票で決めるという、実に知的な競技だ。

「その本と出会ったきっかけを教えてください」

5分間のプレゼンが終わると、次は3分間のディスカッションタイムだ。

ディスカッションタイムでは、本に関連した質問を聴衆がしてくるので、それに答える形で、さらに本の魅力《みりょく》を伝える。

聴衆は本について疑問に思ったこと、その本に対するプレゼンターの熱い想《おも》いなどを引き出すために、色んな質問を投げかける。

ピピピッ！


タイマーが鳴った。

「ふぅー、お疲《つか》れ」

「あー、喉《のど》かわく」

5分間しゃべり倒《たお》して、更《さら》に質問の返しに脳をフル回転させていた未央は、額の汗を拭いながら終わった途端《とたん》にゴクゴク喉を鳴らしてペットボトルの水をがぶ飲みしている。

「こっちも質問をその場で複数考えるのキッツイわ」

熱くなった頭を冷ますために、俺も水筒《すいとう》のお茶を飲んだ。

「下手したらサッカーの試合より頭使ったんじゃない？」

「3分間の短い時間の間でって意味じゃそうかもな」

「明日斗は最近、サッカーはどうなの？　忙しい？」

「リーグ戦以外は通常営業かな」

「じゃあ、7月初めにある中学ビブリオバトルの県大会は観《み》に来れそう？」

「本当に残念だけど大会当日は、そのリーグの試合予定が入ってるから無理なんだ」

「そっか……」

ジュニアユースは土日に大会や練習試合が詰《つ》め込《こ》まれているので、中々私用でクラブを休むというのが難しい。練習や練習試合ならサボっても良かったんだけどな……

「今は大会公式で動画ライブ配信してるから、観てるからな」

「うん。その分、練習に毎日のように付き合ってくれてるし大丈夫《だいじょうぶ》だよ、気にしないで」

「これまで色んな種類の本で練習してみたけど、本番はどの本で臨《のぞ》むんだ？」

練習では、ミステリー小説、ノンフィクション、はては土木関連の歴史といった変わった本などを使って練習している。未央の乱読っぷりには恐《おそ》れ入る。

「ヒミツ♪」

「え～、教えてくれてもいいじゃん」

「本番では明日斗にも、まっさらな気持ちで観てほしいから」

「まぁ、下手にやり込みすぎて想定問答みたいになっても良くないみたいだしな」

「うんうん、そうそう」

うーん、何か未央が隠してそうな雰囲気《ふんいき》だが、まぁいいか。

「未央のお薦《すす》めの本、俺大好きだからさ。本番期待してるよ」

「……不意打ちに褒《ほ》めるのやめてよ」

未央は急に褒められたのが恥《は》ずかしかったのか、頬《ほお》を赤らめた。

「それにしても、俺達全然デートっぽいことしてないよな」

「お昼休みに二人きりの時間があるから私は満足してるよ」

「俺がクラブの練習で土日全潰《つぶ》れだからな。唯一《ゆいいつ》のオフの月曜日も文芸部の部活だし。たまには部活さぼって遊びに……」

「私はいい。遊んでると説得力なくなるから」

「説得力？」

「こっちの話」

ツーンとそっぽを向いてしまった未央の横顔を眺めながら、俺のカノジョ可愛《かわい》いと思っているうちに、昼休みの終わりを告げる予鈴《よれい》が鳴ってしまい、二人で慌《あわ》ててお弁当を片付けて教室へ急いだ。

ビブリオバトル本番

「おっし！　これで1部リーグ　暫定《ざんてい》単独1位だ！」

登呂《とろ》ヴィナーレジュニアユースは強豪《きょうごう》クラブを相手に快勝し、リーグ戦の大事な一戦を獲《と》った。

俺《おれ》は、急いで試合後のクールダウンをしてからロッカールームへ駆《か》け込《こ》んだ。

サッカーにも野球のコールド勝ちみたいなものがあればいいのにと、この時ばかりは思った。

ロッカーに入れていたスマホで、急いであらかじめ開いておいたページのリンク先から、目的の動画配信サイトへ飛ぶ。

今日は、未央《みお》が参加するビブリオバトル県大会だ。

動画へアクセスしてしばしグルグルが回った後に、大会の生ライブ映像が表示された。

開会式などは既《すで》に終わってしまっていたが、これから第1プレゼンターが登壇《とうだん》するところのよう……

「って、未央が第1プレゼンターかよ⁉」

順番は当日にくじ引きで決まるようだが、まさかの1番を引いちゃったか。

これは未央、緊張《きんちょう》してるんじゃないか……

俺は、まるで我が子の発表会の本番で、客席からハラハラ見ているしかない親のような心境で、スマホ画面を食い入るように観《み》る。

しかし、ステージの上に立った未央の顔を見て、その心配は杞憂《きゆう》であったことに、俺はすぐに気がついた。

凛《りん》として立つ姿は、氷の令嬢《れいじょう》時代を思い出させるが、不思議と冷たさは感じなかった。

未央は堂々とした立ち居振《ふ》る舞《ま》いで、ステージ中央に立つ。

手には本が一冊あるのみ。

ビブリオバトルはカンペなどは持ち込めない。パワーポイントのスライドもなし。ステージの前面スクリーンには制限時間のタイマーが表示されるだけ。

視覚的な情報は本の表紙くらい。本を片手に、ただ自分のつむぐ言葉のみで、本の魅力《みりょく》を紹介《しょうかい》する5分間が始まった。


「私が紹介する本は、『ブルー・グラスホッパー』です」

「直訳で青いバッタ。これ何の話なんだろう？　って思って本屋さんで手に取ったのが、この本に出会ったキッカケです」

「目次を見てビックリ。本作はまさかのサッカーを題材にした小説でした」

「主人公は、中学生の男の子で、サッカーのジュニアユースのクラブチームに所属しています。ジュニアユースっていうのは、学校の部活のサッカー部とは違《ちが》って、プロサッカーチームの下部組織として集められた、サッカーが上手《うま》い子達が集まっているクラブです」

これが、俺に本番用の本を内緒《ないしょ》にしていた理由だったのか。俺の境遇《きょうぐう》に重なるから。

「上手い子達が集められてるクラブって、なんだエリートの話か、いけすかねぇなって思ったりしませんか？　無名の弱小校から成り上がるストーリーの方が読んでて楽しいじゃないかって。ちなみに私は最初そう思いました」


観戦席から、小さく笑い声が上がった。

よしよし、いいぞ。序盤《じょばん》は掴《つか》みが大事だ。


「主人公の達樹《タツキ》は、そのクラブに小学生からいる生粋《きっすい》のサッカーエリートです。将来の夢は、もちろんプロサッカー選手です。けれど、達樹は中学生になってジュニアユースに上がると、伸《の》び悩《なや》みます」

「どんどん周りに追い抜《ぬ》かれて、試合でもスタメン扱《あつか》いではなくなり、苦悩《くのう》する達樹というところから物語は始まります」

「そして、とうとうクラブのコーチから、高校からは高校サッカー部等の移籍《いせき》先を考えておけと言われてしまいます」

「けど、やっぱりあきらめたくないじゃないですか！　だから達樹は必死に考えます。そして、思い切ってポジションをコンバートすることをチームに申し出ます」

「この時の達樹って、すごい決断をしたと思うんですよ。下手したら、かえって自分のサッカーのキャリアを更《さら》に傷つけちゃうかもしれない。なのに、クラブに残留するために必死になって新ポジションの練習をします」

「チームメイト達もそんなひたむきな達樹の練習に付き合います。小学生から一緒《いっしょ》のチームメイトってことで、特別な絆《きずな》を私は感じました」

「こういう言わばエリートチームって、漫画《まんが》や小説ではとかく敵役や悪役として登場しがちです」

「けど、彼《かれ》らも頂点に近い場所にいるからこそ、それに届かないかもしれないことに恐怖《きょうふ》したり苦悩したり、その後の人生までをも懸《か》けた戦いに勇気を振り絞《しぼ》って踏《ふ》み出している」

「そんな彼らに、同い歳《どし》の私は素直《すなお》に敬意を持ち、またエリートと呼ばれる彼らも自分と同じく自分が何者なのかに迷うんだと知りました」


未央のプレゼンを聴《き》きながら、俺は未央と文通をしていた頃《ころ》を思い出していた。

ジュニアユースクラブに入って、世代の代表に選ばれて、周りからは特別扱いをされることもあった。

その中で、未央はただの幼馴染《おさななじみ》としてずっと接し続けてくれた。物心ついてから、文通を続けても、そしてまた同じ学校に通うようになってからも。

そうか。

ずっと前から、俺にとって未央は特別な存在だったんだな……

「自分の人生で見聞きしたり経験できたりすることはたかが知れています。けど、本を読めば色んな人生や考え方に触《ふ》れられる」

「そんな、読書の醍醐味《だいごみ》を教えてくれる一冊です」

「あと、冒頭《ぼうとう》に話したネタバレ部分は序盤も序盤です。バッタが高く飛び上がるように達樹がどんな道へ進むのかは、是非《ぜひ》本を読んでみてください。ご清聴《せいちょう》ありがとうございました」


ピィーッ！


完璧《かんぺき》なタイミングで、未央はプレゼンタイムを終了《しゅうりょう》させた。

パチパチパチと会場からの拍手《はくしゅ》が鳴ったあとに、すぐさまディスカッションタイムの3分間が始まる。


「作者を教えてください」

「作者の他の作品は読みましたか？」

「スポーツ物の小説として、他の作品と違うところは？」

次々と質問がなされ、淀《よど》みなく未央は答えていく。

残り時間的に次が最後の質問だろう。

「この作品であなたの人生は変わりましたか？」

未央は、少しだけ考える素振《そぶ》りをした後に答えた。

「はい。閉じこもっていた自分を解き放つ機会をくれた大事な人と、本作の主人公の達樹が重なるところがあって、その人への理解がより深まりました」

先程《さきほど》まではプレゼンをする上でのアルカイックスマイルだった未央が、最後に見せた、弾《はじ》ける笑顔《えがお》が印象的なままにディスカッションタイムは終了した。

会場には届くわけもないが、それでもスマホの画面に映るステージから降りていく未央へ、俺は涙《なみだ》を滲《にじ》ませながら割れんばかりの拍手を送った。

王子様との再戦

キーンコーンカーンコーン

チャイムが鳴った。

授業から解放されるという意味では普段《ふだん》から、精神的な解放感を得るスイッチが入るが、今日のチャイムは特別な意味を持つ。

「「「終わった～～！」」」

解放感に浸《ひた》る意味なのか、それとも結果が芳《かんば》しくなかったことを自嘲《じちょう》的に嘆《なげ》くものなのか、色んな意味に捉《とら》えられる言葉が学内のそこかしこから発せられる中、1学期の期末試験の全《すべ》てが終了《しゅうりょう》した。

1学期の期末試験が終われば、あとは夏休みを待つのみ。とはいえ、部活動を熱心に行っている生徒にとっては、普段より苛酷《かこく》になる練習に今から身震《みぶる》いする次第《しだい》だ。

また、部活が忙《いそが》しくない生徒でも、中学3年生ならば高校受験のための塾《じゅく》の夏期講習が待ち構えている。

その点は俺《おれ》も例外ではなく、夏休み中は週一の休み以外は、クラブの練習に試合にと埋《う》め尽《つ》くされている。

「明日斗《あすと》は、試験の手応《てごた》えどうだった?」

試験終わりで三々五々に散っていくクラスメイト達の波を掻《か》き分け、未央《みお》が話しかけてきた。

「9割届くかどうかかな。静岡《しずおか》の学校の試験は記述式が多かったから、こっちの試験の方がやりやすいわ」

「う……私、また微妙《びみよう》に負けたかも……。明日斗って案外、勉強はしっかりやってるのね」

「中学には赤点なんてないけど、高校で赤点取って補習や追試になると、クラブの練習できないからな。ユースの先輩《せんぱい》がテスト期間で苦労してるのを見てるから、今から勉強する習慣だけはつけるようにしてるんだ」

「教師には全力で喧嘩《けんか》売るのに、そういう所はしっかりしてるんっすね。あ、自分は平均以上取れてればいいって方針なんで」

同じクラスの誠也《せいや》も、テストから解放された晴れやかな顔で話しかけてくる。

「勉強は日々の宿題と復習をクラブへの通勤電車の中でするだけだけどな。で、テスト勉強期間に総ざらい」

「それがちゃんと出来ている人の方が少ないってことっすよ」

「それより、そろそろ行きましょ」

未央はテストの感想戦を早々に切り上げたそうに、ソワソワしている。

「なんだ未央、そんなに楽しみにしてたのか？」

「ち、ちがうし……沙耶《さや》を待たせちゃ可哀想《かわいそう》でしょ」

「はいはい、じゃあ未央が待ちきれないみたいだから行くか誠也」

「はいっす」

「違《ちが》うってば……って、ちょっと聞いてる～？」

言い訳を無視された未央は、テストから解放されて教室から脱出《だっしゅつ》していく人の群れで俺と誠也からはぐれないよう、慌《あわ》てて一緒《いっしょ》に教室を出た。


「それじゃあ、無事テスト終了ってことで打ち上げと、未央のビブリオバトル県大会優勝アーンド全国大会出場おめでとう！　かんぱ～い!!」

「「かんぱ～～～い!!」」


各々《おのおの》がドリンクバーでついできたドリンクのコップを片手に、俺が音頭《おんど》をとり乾杯《かんぱい》する。

未央が照れたようにはにかむ。

「けど、本当に良かったんすか明日斗君？　テストでクラブの練習がお休みの貴重な日に4人で集まって」

誠也が申し訳なさそうな顔で頭をポリポリとかいている横で、沙耶もコクコクと頷《うなず》く。

俺の貴重なオフに、彼氏《かれし》彼女《かのじょ》の水入らずにお邪魔《じゃま》して良かったのか？　ということを二人は気にしているようだった。

「あ〜、未央がどうしてもテスト後のファミレスでの打ち上げってのをやってみたかったらしくてな」

「今日は、私にとって記念すべき日だわ。今日は私のオゴりよ！」

未央は、どうやらテスト終わりに友達《ともだち》とファミレスで打ち上げをすることに憧《あこが》れがあったようだ。

「そんな金持ってないだろ。そういえば未央は沙耶には電車賃返したのか？」

「返しました〜。そういうところは私はちゃんとしてるんだから」

「ちゃんとしてる人は、向こう見ずに財布《さいふ》の有り金はたいて片道切符《きっぷ》を買ったりしないだろ」

「私の赤っ恥《ぱじ》エピソードを蒸《む》し返さないでよ！　佐々木《ささき》君にまで知られちゃったじゃないの！」

真っ赤な顔で恥《は》ずかしがりながらポカポカと叩《たた》く未央を楽しそうにあしらう明日斗を見て、誠也と沙耶は、この二人ってホントに付き合ってるんだよな？　と疑うような目線を向けて、同じことを思っているであろうお互《たが》いを見やり、クスリと笑い合った。


「もぐもぐ……」

「ほら沙耶、口元にボロネーゼソースついてる」

注文していた種々の料理が届き、皆《みな》でシェアしながら食べている中、未央が沙耶の横で甲斐甲斐《かいがい》しく世話を焼く。

「普通《ふつう》、こういう時って彼氏彼女は横並びで座《すわ》るものなんじゃないっすか？」

「沙耶は俺らの娘《むすめ》ポジションだからな」

俺の横の席で困惑《こんわく》した顔をする誠也に、俺が事もなげに言いながら、マルゲリータピザを頬張《ほおば》る。

「そっか……じゃあ、沙耶さんと付き合うには、明日斗君と竹部《たけべ》さんの許しを得ないといけないわけだ。こりゃ大変っすね」

ボソッと誠也が独り言のように呟《つぶや》いた。

「ん？　誠也、お前もしかして……」

「た、例えばの話っすよ！　あ、このハンバーグに載《の》ってる、ホースラディッシュのソース、美味《おい》しいっすね～」

自分で独り言をこぼしていることに気付かず、その独り言を俺に聞かれていたことに焦《あせ》る誠也をよそに、沙耶みたいなサッカーマニアのおメガネに適《かな》う奴《やつ》なんているのか？　という疑問を抱《いだ》きつつ、俺は追加で頼《たの》んだたらこクリームパスタを頬張った。

「そういえば、沙耶はテストどうだったの？」

「もぐもぐ……く点です」

「沙耶、ちゃんと飲み込《こ》んでから喋《しゃべ》りなさい」

未央に子供のように叱《しか》られて、沙耶はあわてて口の中のボロネーゼパスタを飲み込む。

「もぐ……100点です」

「……ん？　何かの教科が100点取れそうなの？」

「い、いえ……全教科とも100点だとお、思います」

「マジか……」

「入学以来、毎回ぶっちぎり学年トップの成績なのは有名っすよ、沙耶さんは」

ただのサッカーマニアかと思ってたけど、つきつめて一つの物事に集中するのは、確かに勉強にも向いているのかもしれない。

「て、定期試験なら出題される範囲《はんい》がき、決まってるから」

少し照れながら答える沙耶の横で、何故《なぜ》か未央がドヤ顔で自慢《じまん》げな顔をしている。いや、別に未央が勉強教えていたわけじゃないだろ。

「そんな勉強できるなら医者とかも目指せるんじゃないのか？　ほら、スポーツドクターならサッカーにも関《かか》われるし」

「私がなりたいのはサッカーの戦略分析《ぶんせき》をするデータサイエンティストですから。それに……」

「それに？」

「血とか見るのこ、怖《こわ》いの……で……」

「私の沙耶かわいすぎ！」

未央が沙耶に抱《だ》き着いて頬ずりしている。沙耶は、少し迷惑《めいわく》そうな顔だ。まるで愛猫《あいびょう》に構いすぎて嫌《いや》がられている飼い主の構図だ。

「それで、未央はテスト後の打ち上げは堪能《たんのう》できたか？」

頬ずりを止《や》めない未央から沙耶を助けるために、俺が未央に話を振《ふ》る。

「ええ。夢がまた一つ叶ったわ」

「そうだ。打ち上げと言えば、球技大会のＢチームの面々でも今週末の土曜日に打ち上げやろうかって話が出てるんっすよ」

「へぇ～、今日みたいにファミレスとかでか？」

「いや、せっかくだからまたサッカーやろうって話になってるっす」

「お～、みんなサッカーの楽しさに気付いてくれたのか、良かった良かった」

「明日斗君は、週末はやっぱり……」

「ああ、土日はどっちもクラブ関連で埋まっちゃっててダメだな。俺は残念だが欠席だ」

「そっか……残念っすね。せっかく運よく、良い場所が取れたんっすけど」

「どこのサッカー場取ったんだ？」

「県立体育センターの第3グラウンドっす」

「え？　体育センターって、全国レベルの大会でも使うところじゃん。よくそんな施設《しせつ》の予約取れたな」

「たまたまキャンセルになったのを見つけて、先着順申し込みで運良く予約が取れたんっすよ」

「なるほどな……ん？　県立体育センターで……週末ってことは……」

俺はスマホで、今月のクラブの予定表を開いた。

「誠也、その体育センターの予約って何時から何時までだ？」

「午前の9時から12時までの3時間っす」

「ビンゴ！　これなら俺も行けるわ」

俺は嬉《うれ》しくて、思わずスマホを見ながらガッツポーズをする。

「どういうことっすか？」

「今週の週末……あ！　桜宮《サクラノミヤ》杯東海リーグ夏期セメスターの開会式ですね」

沙耶が思い当たったようだ。さすがはサッカーマニアで登呂《とろ》ヴィナーレサポ。ジュニアユースの月間行事が頭に入っているようだ。

「そっ！　開会式の会場が、同じ県立体育センターの第1グラウンドだ。時間も午後からの開会。ということはだ」

「同じ施設だから、打ち上げも行けるってわけっすね」

「おう。俺も今回は参加するぜ」

「みんな喜ぶっすよ。早速《さっそく》、みんなにも伝えておくっす」

スマホを操作しだした誠也を横目で見ていた沙耶が、何かを言いたそうに俺の方を見ている。

「あ、あの……開会式って、み、見に行ってもいいです……か？」

「ああ、会場は関係者以外ダメってことはないから大丈夫《だいじょうぶ》だと思うぞ。けど、開会式なんて見て楽しいのか？」

「注目してる選手の様子を間近で観《み》れるチャンスですから」

「沙耶が行くなら私も行こうかしら。ビブリオバトル全国大会のプレゼンのネタになるかもしれないし」

「ついでに、こっちの打ち上げの方にも顔出してくれよ」

いよいよ夏休みも始まるという時期のポカッと空いたわずかな閑散期《かんさんき》が実りあるものになりそうで、俺もテンションが上がってきていた。

その後も、追加で注文した色々なデザートをみんなでシェアして舌鼓《したつづみ》をうちながら、テスト明けの打ち上げの解放感から、4人で色々な話をした。

隣《となり》のボックス席のすりガラスの向こうに、こちらに聞き耳を立てている者がいることなんて、会話が盛り上がっていた俺達は当然知る由《よし》もなかった。

◆

週末の土曜日。

俺達Bチームの面々は、県立体育センターの最寄り駅の正面改札で待ち合わせをしていた。午前8時台と休日にしては早い時間の集合だが、全員が約束の時間までに集合した。さすがは根が真面《まじ》目《め》なメンツだ。

「んじゃ、行くか」

何度か試合で来たことがあるので、勝手知ったる俺が駅からの道を先導する。

「会場の近くにコンビニないから、ここのコンビニで飲み物買ってくぞ～」

「「「う～い」」」

「暑いから凍《こお》ったスポドリも必須《ひっす》っすね」

夏休み間近で暑さが厳しくなり始めたこんな時期に、よく皆サッカーしようと集まったものだ。

決して運動が得意とは言い難《がた》いメンバーだったのに、自主的にサッカーで楽しみたいと思ってくれたのが、サッカーを生業《なりわい》にしようと考えている身としては本当に嬉しい。

こういう地道な布教活動でファンの裾野《すその》を広げるのもプロ選手になったら重要な仕事だ。

俺が、ジュニアユースのクラブでサッカーが出来るのも、引いてはサッカーファンがプロクラブへお金を落としてくれているからこそ成り立っている育成体制なのだ。

国内のサッカークラブは、プロ野球よりかなり後にプロ化したため、その手の新規開拓《かいたく》というものを重要視して、子供サッカー教室などの各種のイベントも開催《かいさい》している。

「そういえば竹部さん達は、一緒じゃなかったんっすね」

コンビニで各々飲み物を購入《こうにゅう》して。再び先頭を歩く俺に誠也が追いついてきて、横に並んで話しかけてくる。

「未央と沙耶は後から来るよ」

「そっすか……」

誠也はさりげない風をよそおっているが、落胆《らくたん》した声音であることは隠《かく》せていない。

「沙耶達なら桜宮杯の開会式が始まる前に、こっちにも顔出すって言ってたぞ。良かったな誠也」

「な……なにがっすか」

ニヤニヤしている俺に、いつもとは違い強気な誠也だが、その目にはありありと不安の色が宿っていた。

「いやいや。また難儀《なんぎ》なのを選ぶなと思ってな」

「な、何のことだか全然意味がわっきゃんないっしゅね～」

「噛《か》んじゃうのもお似合いだな」

「だから沙耶さんと自分はそんなんじゃ！」

「ん～？　俺は沙耶となんて一言も言ってないけど？」

「あ……あ～もう！」

俺に担《かつ》がれたことに気付いた誠也は頭を抱《かか》える。

日頃《ひごろ》は飄々《ひょうひょう》として後輩《こうはい》の沙耶にもさん付け、自分の感情を表に出さない誠也の、初めての感情に支配された姿が見れて、俺は満足だ。

「わるいわるい誠也。からかっちまって」

「も～、ドS向けるのは竹部さんだけにして欲《ほ》しいっすよ」

誠也が軽口をたたいて反撃《はんげき》をするが、俺は無視して、先程茶化していたのとは打って変わって真剣《しんけん》な顔を向ける。

「沙耶は良くも悪くもサッカーに真っすぐだからな。沙耶の視界に入り続けるためには、何かしらの形でサッカーに関わっていないとだめだと思うぞ」

「それは……わかってるっす。今の自分は、明日斗君と仲が良いから辛《かろ》うじて、明日斗君の付属物として沙耶さんの視界に入ってるだけだって……」

「それがわかってるなら、これからのサッカーでの身の振り方はよく考えろよ」

誠也の自虐《じぎゃく》的な自己評価を否定せずに、あえて突《つ》き放すような言葉を投げかけた。

事実であることを、同情や己《おのれ》の謙遜《けんそん》のために否定することは、最終的には誠也のためにならないからだ。

誠也は、俺の言葉を受けて唇《くちびる》を噛み締《し》め、何か考え込みながら俺の後を無言でついて歩いた。

今回借りる県立体育センター第3グラウンドは県リーグ戦でも使われる芝《しば》の本格仕様の競技場だ。ちなみに、桜宮杯東海リーグが行われる第1グラウンドは全国大会でも使える仕様を満たした競技場で、予約申し込みは個人では実質不可である。

第3グラウンドは個人の申し込みが一応可だが、競技団体の申し込みが優先されるので、今回週末に個人の申し込みが通ったのは本当に運が良いのだ。

時間通りに受付窓口のお姉さんへ、予約申し込みをした佐々木ですと誠也が話すと予想外の返答が返ってきた。

「あ、第3グラウンドでしたら、お連れ様が先に到着《とうちゃく》して待っておられますよ」

「お連れ様……？」

俺達は顔を見合わせた。Bチームの面々はこの場に全て揃《そろ》っている。

先に来ている奴らとは一体誰《だれ》なんだ？

「やぁ奇遇《きぐう》だね」

「……予約申し込みをしないと使えないここで奇遇も何もねぇだろ、王子様」

借りた第3グラウンドへ向かった俺達を待ち受けていたのは、にこやかに笑う王子様だった。後ろにはサッカー部の面々もいた。

「おい、全校放送の謝罪の内容をもう忘れやがったのか？　俺に迷惑かけるなって言ったよな？」

俺はわざと王子様の傷を抉《えぐ》るように、乱暴な口調で王子様に迫《せま》った。

「あの時はすまなかったよ。けど、全校放送で謝罪したんだから、その件はもういいだろう？」

「ふん、じゃあ今のこの状況《じょうきょう》は何だ？　なんでサッカー部員の面々がここにいる？」

「君達が県立体育センターの予約が取れたということを小耳に挟《はさ》んでね。ぜひご一緒したいと思ってね」

「そうか。せっかくこっちまで来たんだから、記念に外周でも走ってろ」

「そんなこと言わないでくれよ。この広さだから、君達だけじゃ持て余すだろ？　僕《ぼく》は2年生でレギュラーだったから去年の県大会でここのピッチに立ったことはあるけど、他のサッカー部員にもこの本格的なピッチに立たせてあげたいんだ。滅多《めった》にこんなチャンスが巡《めぐ》ってこないことは、君もわかってるだろう？」

「………」

俺はここで、少し逡巡《しゅんじゅん》してしまう。本来、向こうはこちらの同意を何一つ取らずに現地に押《お》しかけてきただけなのだから、こちらが向こうの事情を汲《く》んでやらなければならない理由は何一つない。

「な？　頼むよ。便乗させてもらう礼として、ゴールの移動とかの雑用はこちらでやっておいたから さ。ノーサイドの精神でサッカーを一緒に楽しまないか？　今日は女の子のギャラリーもいないから変に気張らなくてもいいしさ。な？　同じサッカーの道を歩む者として協力してはくれないか？」

遺恨《いこん》が残っている方から、ノーサイドの精神を持ち出されると、ぶちのめした側としては断りづらい。

俺はBチームの面々を見た。

Bチームの面々は困惑した顔をしているが、不快感を露《あら》わにしている表情の者はいなかった。

どちらかというと俺の方に、未央との仲に関して王子様に横槍《よこやり》を入れられた個人的な因縁《いんねん》があるため、俺の一存だけで王子様達の参加の可否を決めるのは、それはそれで横暴かと俺も思い直した。

「わかったよ。その代わり、施設の利用料はちゃんとそちらも割り勘《かん》で払《はら》えよ」

「もちろんだとも。ありがとう」

ニコやかな表情で王子様は手を差し出してきた。

俺王子様が差し出してきた手を見て一瞬《いっしゅん》逡巡した後、その手を握《にぎ》り返した。

左手での握手《あくしゅ》の意味を測りかねたからだ。

左手での握手の意味は『敵意』。

単に王子様が意味を知らなかっただけだと思ったが、たしかレフティではなかった王子様の右手に荷物があったわけでもなく、両手には何の荷物も持っていないフリーの状態であった。

「なんか企《たくら》んでるんっすかね」

誠也が疑いの目を王子様達、サッカー部チームに向けながら、俺に小声で話しかけてきた。

現在は、サッカー部チームとBチームで分かれて20分程度のウォーミングアップを行った後に試合をしようということになり、各々がストレッチやパスの基礎《きそ》練習、戦略確認《かくにん》などを行っているところだ。

先程、誠也に発破をかけるために少々厳しいことを言ったので微妙に気まずい空気だったのが、ひとまず新たな問題、疑惑《ぎわく》が降ってかかってきたため、空気の重さは払拭《ふっしょく》された形である。

この点は正直に言うと、王子様グッジョブと思った。

「さあな」

「チームでものすごい特訓でも積んできたんっすかね？」

「いや、サッカー部チームのメンバーの表情を見るとそういう感じには見えないんだよな」

むこうの練習の様子を見ると、戦略の最終チェックなどをしている様子はなく、和気あいあいと、本当に芝のグラウンドにウキウキで遊びに来たという感じだ。

もし王子様が何かしらを企んでいるなり、勝利のために檄《げき》を飛ばしてなりで連れてきていたとなると、それを実行する他のメンバーには何らかの硬《かた》さなりが出るはずだ。

そういった様子が全くというほど見られないため、少々強引《ごういん》な交ざり方であったが、純粋《じゅんすい》にこの競技場でサッカーがしたかっただけなのか？　とも思えた。

「とりあえず様子を見るためにも、俺はディフェンスのポジションでスタートするから」

「了解《りょうかい》っす」


そうして、始まったサッカー部チーム、Bチームの対戦だが。始まってみると……

びっくりするほど何もなかった。

「マイボ！　マイボ！」

「惜《お》しい惜しい！」

サッカー部チームの方は王子様ワントップにボールを送り続けるという球技大会と同じ轍《てつ》を踏《ふ》む策は取らない形でフォーメーションを変えてきている。まぁ、メンバーがサッカー部員なんだからこれが本来の形なんだろう。

おかげで、サッカー部チームの攻撃《こうげき》の幅《はば》は広がり、前回よりも俺のディフェンスとしての対応は大変になった。とはいえ、中盤《ちゅうばん》が薄《うす》くなった分、ボールを奪《うば》うとすかさずサイドを駆《か》け上がらせるといったカウンターをBチームが仕掛《しか》けたりと、拮抗《きっこう》した内容になった。

試合開始当初はぎこちなかったBチームの皆も、試合展開が白熱してくると徐々《じょじょ》に真剣に、そして楽しそうにプレーしだした。サッカー部チームの面々も同様だ。

皆がはしゃぎ気味な原因は、初体験の芝の競技場のためであろう。

青々としたピッチに立つ気持ちよさと、パスのバウンドや転がりが土のグラウンドと違うので、思ったようにパスが届かない不自由さ。

両チームとも慣れぬ芝の競技場にパスミスが目立つため、ミスやミスに付け込んでこぼれ球を拾ったりと団子サッカーになりがちだが、それもまた楽しい。

「警戒《けいかい》は杞憂《きゆう》だったっすかね」

誠也がプレー中に話しかけてきた。

「そうだな……」

俺はまだ懸念《けねん》が完全に拭《ぬぐ》いきれていなかったが肯定《こうてい》の返事をした。

球技大会の時にはスタンドプレーに終始していた王子様も、ボランチポジションについて、はしゃいでいるチームメイトの補助やバランスをとる役割を担《にな》っている。

あの王子様が、きちんと周りを慮《おもんぱか》る姿勢を見せていることには、成長を感じさせ、好感が持てる。

人が成長している様は、どんな奴であれ嬉しいものだ。

俺は意識して疑念を頭から振り払い、努めて誠実に振《ふ》る舞《ま》うことを決めたところで、ふとあることに気付いた。

他のサッカー部チームのメンバーは本当に楽しそうにプレーしていて、これが演技であるようには到底《とうてい》思えない。しかし、一部数名のサッカー部員が時々浮《う》かない顔をしているのが目に留まったのだ。

（芝の競技場でプレーできる機会なんてそうはないんだから、楽しいはずだがな）

そんな疑問を抱いたところで、試合の前半が終わった。


スコアは０－０。


各々がドリンクを飲んだり休憩《きゅうけい》をして、後半戦のために再度ピッチに出ると、

「それは大変だ！　大事な夏の大会前に無理をしない方がいい！」

周りにも聞こえるように王子様が大声で、サッカー部チームのチームメイトに熱っぽく語りかけていた。

「何かあったのか？」

俺が王子様に話しかけると、

「おお、仙崎《せんざき》。４人が足の不調を訴《うった》えてるんだ」

王子様の視線の先には、サイドライン外の芝の上で座り込み、足首や膝《ひざ》を押さえているサッカー部員の姿があった。よく見ると、先程浮かない顔をしていた部員達だ。

「大丈夫か？」

「残念だけど大会前に無理はさせたくないんだ」

「それはそうだな。こんな遊びの試合で無理すべきじゃない」

「うん、僕もそう思う。よし、4人は後半は大事をとって休ませるよ」

「となると、試合は前半で終わりか」

「いや、それじゃあ君達Bチームの皆《みんな》に申し訳ない。というわけで、先程助っ人《すけっと》へ連絡《れんらく》を取ったんだ」

「助っ人？」

「たまたま近くにいてね。快く引き受けてもらえたんだ。お、そう言ってたら到着したようだ。こっちです！　こっちですよ〜！」

王子様が手を大きく振って声を張り上げた方を見ると、

「よう中川《なかがわ》、来てやったぞ」

「先輩、急なオファーに応じていただきありがとうございます」

そこに居たのは、4人の高校生と思《おぼ》しき大柄《おおがら》な男達であった。

「……この人達は？」

「うちのサッカー部のOBの先輩方だ。今も高校のサッカー部で活躍《かつやく》なさっているんだ」

レガースとスパイクを履《は》いている様と、王子様が先輩と呼んでいたことから予想はついていたが、ニヤニヤとしながらこちらを眺《なが》めてくるのは、あまり居心地が良いものではない。

「もしかして、この先輩方がさっき言っていた助っ人か？」

「そうだよ」

「反対だ」

「なぜだい？」

「体格が出来上がりきっていない中学生と高校生がプレーするのは危険だ」

俺はジュニアユースやU－15の練習試合で、度々《たびたび》世代が上である高校生のチームと対戦することがある。

しかし、それはハードな身体的接触《せっしょく》のないことを事前にしっかりと共有しあってからだ。

中学生と高校生の成長期の時期の体格差は大きく、通常、高校に入学してすぐの新1年生は先輩達と同じ練習はこなせないので、まずは体力錬成《れんせい》を別メニューで行う。これは身体的な接触のある競技では尚更《なおさら》、大事なことである。

目の前でニヤニヤしている助っ人とやらの高校生は、どう考えてもその辺の配慮《はいりょ》が出来るようには見えなかった。

「そうは言っても、先輩方をこんな所へ呼んでしまった手前、やっぱり帰ってくださいとは言えないよ」

「知らん。お前が勝手に呼んだだけで、こちらには関係がないことだ」

「そう強情《ごうじょう》をはらないでくれよ」

「ピッチ上で対峙《たいじ》するこちらがケガをする危険性が高いんだから、文句を言うのは当たり前だ」

「U－15の世代別代表なら、高校生のチームとも戦うことはあるだろ？」

「俺や経験者の誠也はともかく、他のチームメイトはケガのリスクが高すぎる」

「つまり仙崎達なら高校生が相手でも平気だというわけだね。それじゃあ先輩達には、必ず君と佐々木君のマンマークについてもらうように先輩達に言っておくよ」

「お～い、早くやろうぜ中川」

「は～い、まもなく！　じゃあ、そういうことで頼むよ。先輩方にはちゃんと僕の方から伝えておくから」

そう言って、止める間もなく、王子様は自陣《じじん》の方へ走って行ってしまった。

「なんだか厄介《やっかい》なことになったっすね」

誠也も困惑を隠せないという感じでこちらに話しかけてくる。

その後ろには、もっと不安を隠せないという様子でBチームの面々がこちらを覗《のぞ》き込んでいる。

「すまん、俺の方で断り切れれば良かったんだが」

結果として、先輩助っ人への交代をなし崩《くず》し的に認めさせられてしまった形になった。当日の競技場への押しかけを認めてしまったことといい、王子様側の事情にこちらが合わせてやってばかりの結果になってしまった。

球技大会の時の放送席を巻き込んだ騙《だま》し討《う》ちといい、王子様は人をやり込めて自分のペースに引きずり込むことに長《た》けているようだ。

「OBが絡《から》んでるっすから仕方がないっすよ。断ると厄介なのもいますから」

「OBで知ってるのがいるのか誠也？」

「ええ、小学生の時のチームの先輩の人が。当時からかなり面倒《めんどう》な人で」

嫌な記憶《きおく》を想《おも》い出したからしく、誠也は顔をしかめている。

「やっぱり今からでも断るか？」

「いや、断るとなると余計面倒なことになりかねません。やりましょう」

悲壮《ひそう》な決意を滲《にじ》ませながら言う誠也を見て、俺は王子様に強く拒絶《きょぜつ》することをしなかったことを後悔《こうかい》した。

安全面のリスク、精神的な負担を考えたら何一つこちらに良いことなんてないのだ。何なら、球技大会の後に王子様に謝罪放送で宣言させた、俺に今後迷惑をかけないという誓約《せいやく》を盾《たて》にして、強引にでも押し切れば良かった。

ただ、あの謝罪放送での誓約はただの牽制《けんせい》以上の効果を俺自身が期待していなかったので、咄嗟《とっさ》に交渉《こうしょう》のカードとして持ち出すことに思い至らなかった。

「できるだけヘイトが俺に向かうようにするから、誠也は無理すんなよ」

「こっちは大丈夫なんで」

口ではそう言いつつも、誠也の顔色が思わしくない。

先程ボヤいていた以上に、件《くだん》のOBとやらとの接触は誠也にとってストレスなようだ。

高校生のマークがつくということで、俺はディフェンダーからフォワードへとポジションを変えた。

一応、王子様からのオーダーは助っ人高校生達に届いていたようだが、助っ人高校生は4人来ているので、俺と誠也に二人ずつのマークが付くことになった。

突然《とつぜん》高校生達がチームに入ってきて、ピッチ上にいる王子様以外のサッカー部員の面々も大いに戸惑《とまど》っている様子を見ると、この状況はやはり王子様の独断のようだ。

チラリと、負傷してピッチ外で座っているサッカー部員達に目をやると、こちらの視線に気付いて皆慌てて目を逸《そ》らす。こちらは、何やら事情を知っているようだ。

「じゃあ後半開始するっすよ」

後半はBチーム側のキックオフで始まったが、要《かなめ》であった俺と誠也はガッチリと両脇《わき》が固められているので、Bチームのメンバーもパスの出しどころに悩《なや》んでいる。

俺と誠也に2名ずつのマークで、必然的にサッカー部チーム側の中盤は薄くなっているためまだ何とかなっているが……

「よっと」

同じく後半から前にポジションを変えてきた王子様に、ボールをインターセプトされる。

「させないっすよ」

「なっ⁉」

キックオフ直後にボランチの位置まで下がっていた誠也が、すぐさま王子様からボールを奪い返す。

誠也のマークについていた高校生の助っ人達は、ディフェンスの定石に囚《とら》われて、そこまで敵陣《てきじん》深くマークに行くことを躊躇《ちゆうちよ》したらしく、その隙《すき》を誠也が上手《うま》くついた形となった。

「明日斗君！」

ボールはすぐさま俺の足元に供給された。

両脇の助っ人高校生二人が俺の後ろについて身体を当ててきて、俺が相手ゴールへ向けないように抑え込もうとしてくる。

相手は、身長は俺より高いが、当たりにそこまでの強さはない。

高校のサッカー部としては中堅《ちゆうけん》やや下といったランクの選手なのだろう。

ポストプレーでボールをキープしつつ、ターンで華麗《かれい》に助っ人高校生のディフェンスを突破《とっぱ》して……

と見せかけて、右ウイングへパスを出した。

元々の相手の中盤の手薄さと、俺のボールキープ中にこちらに寄せてきたサッカー部チームのディフェンダーが釣《つ》り出されてきたのを見咎《みとが》め、右サイドへ大きなスペースが空いたことを見逃《みのが》さなかったのだ。

パスを出されて足が一瞬止まった高校生助っ人ディフェンダーを振り切り、俺も相手ゴールへ一直線に走る。

サッカー部チームのゴールキーパーは、ドフリーでペナルティエリア内に進入した右ウイングへ最大限警戒すべきところだが、ゴールに向かって突っ込んでくる俺の存在も無視できず、中途半端《ちゅうとはんぱ》な位置取りとなったため、右ウイングのシュートに反応が遅《おく》れた。


ゴール！　後半開始早々、Bチームの先取点だ。


「ナイッシュー！」

「ナイスゴールっす！」

俺達は右ウイングに賛辞の言葉を口々に贈《おく》った。

ポストプレーで、右ウイングへ「上がれ」とハンドシグナルで、高校生助っ人ディフェンダーに見えないように送った言外の指示、よくぞ読み取ってくれた。

「何してるんですか先輩」

「わりぃわりぃ、中坊《ちゅうぼう》相手でついつい油断しちまった」

高校生助っ人の中でも一際《ひときわ》ガタイの良い五厘刈《りんが》りの男が、軽い調子で王子様へおざなりな謝罪の言葉をかける。

「事前に言ったでしょう。あの仙崎という選手はジュニアユース所属で世代別代表の選手だと」

「へいへい。しかし、さすがエリート様だ。この人数でも正直抑えるのキツイぞ」

「そんな！　これ以上は仙崎へのマークに回せませんよ！　もう一人の佐々木という中央の選手が相手チームの司令塔《しれいとう》の役割なんですから、どちらも封《ふう》じておく必要があるんです」

「あー、あの後半開始直後にボランチのラインまで下がった奴な。いきなり奇襲《きしゅう》とはサッカーのことをよくわかってやが……ん？　佐々木……もしかして佐々木誠也か⁉」

先程までヘラヘラしていた五厘刈りの先輩が、急にマジな顔になり王子様を問い詰《つ》める。

「え、ええ。そうですけど」

「ほ～、あいつがな。小学生以来だから気付かなかったぜ」

急に雰囲気《ふんいき》を変えた先輩に面食らっている王子様を尻目《しりめ》に、五厘刈りの先輩は独りでつぶやき一人で納得《なっとく》していた。

「よし、エリート君には3人でマークつくぞ。佐々木は俺が1対1のマンマークでつく」

「大丈夫ですか？　佐々木は仙崎ほどではないですが、そこそこやりますよ」

「ああ大丈夫だ、任せろ。アイツのことはよく知ってるからな。お前こそ、例の報酬《ほうしゅう》はちゃんと準備できるんだろうな？」

「もちろんです。僕の手にかかれば楽勝です」

「そうか。ならいい」

誠也のことをよく知っているとニタリと笑った五厘刈りの先輩の笑顔《えがお》は、面白《おもしろ》いおもちゃを見つけたと言わんばかりの無邪気《むじゃき》で邪悪《じゃあく》なものだった。


サッカー部チーム側からのリスタート。

Bチームは数の利で抑える守備で、サッカー部チームは様子見でパスを回しながらの膠着《こうちゃく》状態に入る。

「よう、誠也。てめぇジュニアクラブ時代のOBの俺に挨拶《あいさつ》もしに来ないとはどういう了見《りょうけん》だ？あ？」

動向を見守る誠也の背後から、五厘刈りの先輩が雑に話しかけてくる。

「っす……お久しぶりっす街宮《まちみや》先輩」

「答えになってねぇぞ」

「勘弁《かんべん》してくださいよ。小学生時代に学年の上下関係なんてあってなかったようなもんでしょ」

「お前、なんで中学のサッカー部に入らなかった？」

「……サッカーは趣味《しゅみ》でやれれば良いやと思ったんで」

「はん、大方、俺が部長だったサッカー部でサッカーやりたくねぇって思って入部しなかったんだろ」

「…………」

正直図星であった。

誠也は、この2学年上の先輩が小学生のジュニアクラブ時代から苦手だったのだ。

小学生当時から面倒な先輩だったが、そこに中学校のサッカー部の部長という厄介な属性が追加されたら、さらに面倒なことになるのは目に見えていた。

「そうやって面倒なことから逃《に》げ続けてきたお前に、俺が負ける道理もねぇわな！」

街宮に話しかけられて集中を乱していた誠也は、いつのまにかこちらに来ていたパスに反応が遅れてしまったが、なんとか足元におさめる。

が、ボールを持った途端《とたん》に誠也は肩《かた》に衝撃《しょうげき》を受けて、ボールの元から弾《はじ》き出されてしまう。

「おらおらドケドケ！　ケガすんぞ‼」

ガタイの大きな街宮が周りを威嚇《いかく》しながら、敵陣を駆け上がっていく。

明日斗と誠也以外のBチームの面々への身体接触があるプレーは禁止されているが、そもそも自分より年上でフィジカルの強そうな高校生相手に当たっていくのは、一般《いっぱん》のサッカー部員ですら怖い。競技経験のないただの中学生でしかないBチームの面々なら尚更だ。

あっという間に街宮がディフェンスラインを切り裂《さ》き、王子様へラストパスを送る。

Bチームの守備陣は誰しもが、派手に突撃してくる街宮へ視線を釘付《くぎづ》けにしてしまっていたため、王子様はドフリーになってしまっていた。

王子様はゴールキーパーと一対一になり、難なくゴールを決めた。

王子様は芝の上を膝スライディングして喜びを爆発《ばくはつ》させている。

よく見ると、負傷で交代したサッカー部員がスマホのカメラを向けていて、王子様はそのカメラを意識してのパフォーマンスだったようだ。

　スコアは１－１。

「ナイスアシストです、街宮先輩」

ゴールパフォーマンスを終えた王子様が、アシストした街宮に話しかける。

「あれなら俺がそのままシュートしても良かったんだがな。ま、報酬のための約束事だから仕方がねぇ」

「ありがとうございます。おかげでいい絵が撮《と》れました」

「エリート君もこれじゃ打つ手なしだな」

街宮と王子様は、下卑《げび》た表情で明日斗の方を見やった。

明日斗は誠也とチームメイト達《たち》で何事か声を掛《か》けあっている。

「とはいえ、仙崎はU－15代表のプレイヤーですからね。このまま無策でいるとは思えません」

「さっきワンマッチしたが、あのエリート君の突破力は別次元だ。３人でも正直抑えきれない場面が出てくるだろう。だが、奴はその突破力で強引に自分一人で決めちまうことは避《さ》けている。あくまでこの試合はレクリエーションの一環《いっかん》だと思ってるからだろうな。だから一番のパスの供給元の誠也をつぶしておけば良い。たとえ、エリート君がディフェンダーを振り切っても、他の素人《しろうと》じゃそれに合わせてパスを出したりなんて出来はしねぇんだからよ」

「チームの急所の見極《みきわ》めの速さは流石《さすが》ですね、この後も期待していますよ」

そう言って、王子様は意気揚々《ようよう》と自分のポジションへ戻《もど》っていった。

集結

「ふわぁあああ眠《ねむ》い……」

県立体育センターの正面入り口に到着《とうちゃく》したが、週末なのに朝が早かったためか、未央《みお》はまだ眠いようで、伸《の》びをしながら大きく欠伸《あくび》をする。

「早く行きましょ、行きましょ！　竹部先輩《たけべせんぱい》！」

対照的に、普段《ふだん》とは違《ちが》ったハイテンションな沙耶《さや》は、まるで遊園地の入場ゲート前に立った子供のようにはしゃいでいる。

「沙耶、まだ開会式まで随分《ずいぶん》時間あるんでしょ？」

「楽しみで朝5時に起きちゃったので」

「まったく……サッカーのことになると本当に周りが見えなくなるんだから」

明日斗《あすと》達が自宅を出発してまもなくといった時刻に、沙耶が未央の家に迎《むか》えに来たのだ。

寝起《ねお》きのパジャマ姿の未央をあれよあれよと着替《きが》えさせて朝食を食べさせ、半分寝たままだった彼女を沙耶は電車に乗せたのだ。

「ちょっと早めの時間ですが、選手達はボチボチ集まってくる頃合《ころあ》いだと思いますから、彼《かれ》らの調子をチェックしないと、なんで」

「その辺にそれらしい人はいないようだけど……」

「竹部先輩ダッシュです！」

いきなり大きな声を出した沙耶に、未央は思わずビクッ！　と身体を震《ふる》わせた。

「ちょっとなに、いきなり大声出して……ってちょ、ちょ！」

沙耶が駆《か》けだしていくのに引きずられるような形で、未央は理由もわからずに走る羽目になった。

沙耶は、軽く50ｍ以上先の豆粒《まめつぶ》のような二人に一直線に向かっていく。

その二人は共同でストレッチをやり終えて、これから走り出そうとしているところのようだったが、疾走《しっそう》してくる女子二人に気付いて立ち止まる。

「なんだ？　このチンチクリンは？」

（ジ――――ッ）

「はぁ……はぁ……ちょっと沙耶、何してるの……」

沙耶はサッカーウェアを着た大柄《おおがら》な男子の正面に立って、真っすぐと見上げている。二人の身長差は優に30㎝以上はありそうだ。

よく日に焼けた褐色《かっしょく》の肌《はだ》に、銀髪《ぎんぱつ》がかった派手な髪色《かみいろ》という危険な香《かお》りがする出《い》で立ちの男子にガンを飛ばす沙耶に、未央は青くなった。

「あれ？　未央ちゃんと沙耶ちゃんじゃん」

後ろから、銀髪男子とは違うウェア、以前未央が明日斗に借りて羽織ったジャージと同じ上着の男子がひょっこりと顔を出す。

「あ！　え～と……聡太《そうた》君！　よかった知り合いがいて」

「久しぶり未央ちゃん。開会式見に来てくれたの？　ありがとー」

「どうも聡太君……って呑気《のんき》に挨拶《あいさつ》してる場合じゃない！　うちの沙耶が失礼しまして！」

横でペコペコ頭を下げる未央を無視してガンを飛ばし合う沙耶と天彦《あまひこ》を見て、聡太は合点《がてん》がいったという顔をした。

「天彦、天彦」

「んだよ聡太」

視線を相手から逸《そ》らしたら負けとばかりに、天彦は沙耶から1㎜も視線を動かさずに聡太に応答する。

「お前の横でペコペコ頭下げてる人、明日斗の彼女《かのじょ》さんだぞ」

「失礼しやした姐《あね》さん‼　師匠《ししょう》にはいつも大変お世話になっております‼」

素早《すばや》い動きで90度以上に腰《こし》を曲げ、ペコペコしていた未央以上の低さまで頭《こうべ》を垂れる天彦に、ただただ未央は困惑《こんわく》するしかなかった。

「どうも初めまして。神谷《かみや》天彦と申します。以後お見知りおきを姐さん！」

「その姐さんっていうの止《や》めてください」

「すいやせん姐さん！」

（なんでこう……最近、私が知り合う人は、人の話を聞かないのかしら……）

未央は頭痛のような疼《うず》きを覚えながら、内心でボヤいた。

「あれ？　天彦、学校サボって明日斗と王子様の球技大会の試合観《み》に行ったんだろ？　その時に未央ちゃんや沙耶ちゃんには会わなかったのか？」

「いや、師匠以外には王子様としか話してねぇ」

「あの時は、それどころじゃなかったから……」

球技大会の決勝で全校生徒に明日斗の正体がバレてしまい、クラスメイト達《たち》から質問攻《ぜ》めにあうと予想して、未央は早々に文芸部の部室に避難《ひなん》していて、明日斗と天彦が王子様をひったてていた件《くだり》は見ていないため、天彦と未央は面識がなかった。

「わ、私もあの時は、仙崎《せんざき》先輩と竹部先輩のことでクラスの子達にじ、事情聴取《ちょうしゅ》みたいに取り囲まれてたので……」

沙耶も遠い目をしていた。

球技大会の閉会式で、明日斗の正体が2年生の女子の間でも一気に広まった。

明日斗と仲良くしているのを目撃《もくげき》されて話題になっていた氷の令嬢《れいじょう》こと未央について、未央が昼休みに沙耶の教室に顔を出したりと親しい間柄《あいだがら》だと思われていたことから、二人の仲はどうなのかと血走った2年生女子が情報収集に躍起《やっき》になって沙耶に詰《つ》め寄ったため、人見知りの沙耶には苦痛の時間であったようだ。

「そういえば騒動《そうどう》が収まってきた頃に、天彦君が観に来てたって明日斗が教えてくれたんだったたわね。同じU－15の代表選手だって」

「あの時はチャンスを逃《のが》してあ、暗澹《あんたん》たる思いでした……あ！　神谷選手。一言いいですか？」

「あ？　なんだチンチクリン」

沙耶が思い出したように天彦に絡《から》んでいく。

「うちの沙耶に乱暴な口きかないで」

「す、すいやせん姐さん！　な、なんだい嬢《じょう》ちゃん？」

大柄な、パッと見は素行の悪そうな輩《やから》に見える天彦が、かわいい女子二人の前で愛想《あいそ》笑いでへりくだっているのは中々にシュールな情景である。

「相手ゴール付近でボールを奪《うば》われた時の神谷選手の守備についてです。恵《めぐ》まれたフィジカルからの点取り屋の部分ばかりが着目されがちですが、実はハイプレスでとにかく走って相手ディフェンダーにプレッシャーを掛《か》けて相手守備陣《じん》のミスを誘《さそ》うなどして守備でも貢献度《こうけんど》が高いです」

「お、おう……」

「しかし、チーム戦略にのっとった味方に連動した守備が出来ていない時があります」

「へぇ……じゃあ、それを解決するためには何が必要だと思う？」

先程まで、未央の手前、沙耶のご機嫌《きげん》取りをするために慣れぬ愛想笑いをしていた天彦だが、沙耶の話に興味を持ったのか真剣《しんけん》な顔になって尋《たず》ねる。

「味方のポジショニングから、味方が今どんな未来予想を頭の中で描《えが》いているのかを読み取る訓練と、どうすればそれを実現できるのか、そのために相手ディフェンダーが何を嫌《いや》がるかを逆算する判断を瞬時《しゅんじ》に行う訓練ですね」

「……正解だ。まさしく、俺《おれ》がよくU－15代表合宿時に課題としてコーチ陣に指導されてることだ」

「へぇ～沙耶ちゃん、思った以上にガチ勢なんだね」

天彦も聡太も、沙耶の思わぬガチっぷりに感嘆《かんたん》していた。

「ふふふ、うちの娘《むすめ》は凄《すご》いでしょ」

「おや、もう明日斗と未央ちゃんの間にはこんな大きな娘さんがいたんだね。結婚式《けっこんしき》もまだなのに」

「け、結婚式とか気が早すぎぎよ聡太君」

「娘の方が色々すっ飛ばしてる気がするけど……あ、そういえば肝心《かんじん》の明日斗はどしたの？　一緒《いっしょ》に来てないの？」

結婚式というキーワードに恥《は》ずかしそうに身をクネクネ縮ませる未央に、聡太が思いついたように明日斗について尋ねた。

なお、沙耶と天彦はフォワードについての持論を戦わせているところだ。

「明日斗なら別用で先に来てるの」

「先に？　まだクラブの集合場所には来てなかったみたいだけど」

「この体育センターの中の別の競技場で、球技大会のチームメイトだった子達とサッカーやってるのよ」


「「なんだって～！」」


聡太と天彦が同時に叫《さけ》んだ。

「何それ、すげぇ面白《おもしろ》そう！　冷やかしに行ってやろうぜ天彦。開会式まではまだ時間あるし」

「この間の球技大会では見逃《みのが》した、貴重な師匠のディフェンダーのプレーが観られるかもしれねぇ。

行こう、是非《ぜひ》行こう！」

「私達も顔出すつもりだったし一緒に行きましょ沙耶」

「は、はい」

ニヤニヤと含《ふく》み笑いをしている聡太と、相変わらず師匠への熱意たっぷりという天彦の後を追うように、未央と沙耶も明日斗達のいる第3グラウンドへ向かった。

◆

1－1となってからの試合再開。

Bチームには辛《つら》い時間が続いた。

相手のボール支配率が明らかに高まり、攻《せ》め込《こ》まれる時間が増えてきたのだ。

今は、なんとか誠也《せいや》の守備で街宮《まちみや》のパスコースを限定し、王子様へのパス供給をすんなりとはいかせないことでギリギリ均衡《きんこう》が保てているが、それが崩《くず》れるのも時間の問題だった。

「エリート君もさすがに打つ手なしか？」

明日斗についている3人のディフェンダーの内の一人が、下卑《げび》た余裕《よゆう》顔で声を投げる。

「いや～将来の日本代表選手様に競《せ》り勝ったって一生の自慢《じまん》になるな～」

もう一人のディフェンダーも軽口を叩《たた》く。

「街宮にマークされてる後輩《こうはい》君も可哀想《かわいそう》にな。ありゃトラウマでイップスになるかも」

「おい中坊《ちゆうぼう》！　さっきから無視してんじゃねぇ……よ？」

隙《すき》だらけで談笑《だんしよう》してくれているので、自軍がボールを持った瞬間に俺も素直《すなお》に裏へ抜《ぬ》け出しをさせてもらった。

一時的にパスを受けられる形になったので、誠也に視線を向けるが、街宮のマークを受けてパスを出すのは無理そうだ。

仕方がない。俺はボールを持っているチームメイトに直接ロングパスを出してもらうようアピールする。

先程、こういうケースもあるとチーム内で打ち合わせていたので、すぐに俺の意図を汲《く》んでくれて、ボールを持ったチームメイトは意を決してロングパスをこちらへ向けて蹴《け》り込む。

しかし如何《いかん》せん、ロングパスの練習なんてしてこなかったので、当然パスの精度については期待するべくもなく、ロングパスは俺の受けられる範囲《はんい》とは全然違う方へ飛んでいく。

（だが、面白いところへパスがいったぞ）

ギャンブルで蹴り込んだロングパスは、結果的に逆サイド寄りにいる、もう一人の自軍のフォワードの方へ飛んでいたのだ。

否応《いやおう》なく俺への警戒《けいかい》をしていた相手ディフェンダーは、完全に意表を突《つ》かれた形になる。タイミング的に、多少トラップにもたついてもシュートまでいけるはず。

そう思っていると、

「おらぁあああぁぁ！」

猛然《もうぜん》と街宮が、チームメイトのフォワードへ誠也を引き連れながら駆けてきた。

誠也も何とか身体《からだ》を入れて止めようとするが、フィジカルの差で歯が立たない。

それでも誠也は食い下がり、身体を果敢《かかん》に入れていく。

街宮も誠也に張り付かれたままでは厳しいと判断したのか、腕《うで》で誠也をガードしつつ、ボールを奪いにいった。

しかし、この時に身長差から、街宮のガードの肘《ひじ》が誠也の側頭部を掠《かす》めた。

「ぐ……‼」

倒《たお》れ込む誠也に構わず、そのまま街宮は、ボールを持ったフォワードをチャージで弾《はじ》き飛ばして、ボールを奪った。

「ストップ！　ストップ！　負傷者だ、いったん止めろ！」

俺は大声で試合を止めるよう声を張り上げた。

街宮に吹《ふ》き飛ばされた二人は、芝《しば》の上に倒れて起き上がれないでいた。

「審判《しんぱん》じゃないテメェに試合を止める権利はねぇよ」

そう言って、街宮は構わず奪ったボールを前に蹴り出し、王子様へボールが渡《わた》る。

負傷者に動揺《どうよう》したBチームのディフェンダー陣は為《な》す術《すべ》なく、ゴールを奪われた。


1－2。

サッカー部チームが逆転した。


「今のゴールは紳士《しんし》協定違反《いはん》だろ！」

通常、こういったプレー中に負傷者が出た場合は、一度プレーを切るためにボールを出すのが通例だ。今回は二人も倒れている。明らかにそうすべきシーンだった。

「これはお遊びの試合だろ？　そんな熱くなるなよ」

ゴールを決めた王子様はまるで悪びれた様子がない。

「お遊びなら、尚《なお》のこと、負傷者が出たら試合を止めるべきだろ！」

「当然のように言うけど、それはあくまで君の一意見なだけだよね？　主審《しゆしん》も置いていない試合なんだし、明確なルール違反でなければ問題ないはずだよ。それに今のはゴールに直接絡むプレーだから、プレーオンで審判が流しても何ら不思議じゃない場面だよ」

たしかに、負傷者が出た際にプレーを切るのは紳士協定でしかない。そうした方が、後々《あとあと》自分達も都合が良いし、何より興行的に紳士協定を守らないとツマハジキにされるという理由から守られているに過ぎない。

所詮《しょせん》、一期一会《いちごいちえ》の試合でそんなものを守る必要なんてないというのが、サッカー部チーム側の理《り》屈《くつ》だ。

「それで、この後はどうするんだい?」

「……そんなこと言ってる状況《じょうきょう》か? 第一、負傷させたあの街宮とかいう先輩も、俺と誠也以外の選手には身体接触《せっしょく》はしないっていう事前の約束を破ってるじゃないか」

「あれはボールに絡む相手へのチャージだから正当なプレーだし、誠也君がマークでついていた流れの上でのプレーだから、街宮先輩も意図的にやったわけじゃないさ」

「どちらにせよ、これで試合は終了《しゅうりょう》だ」

「何故《なぜ》だい? そちらのチームもこっちみたいに助《すけ》っ人《と》を呼んでもいいし、9対11で続けてもらってもこっちは構わないよ」

「……まずは負傷者の手当てが優先だ。さすがにリスタートは手当てが終わるまで待てよ」

「アディショナルタイムにカウントされるならいいよ」

ついぞ王子様から、謝罪や負傷者を心配する言葉は出てこなかった。

ここにきて、俺は自分の判断が甘《あま》かったと激しく後悔《こうかい》した。

あのクソ王子は、結局何も成長なんてしていなかった。その汚《きたな》い本質を隠《かく》すのが少し上《う》手《ま》くなっていただけだ。

とにかく、今は負傷者の手当てが先だ。

王子様と押《お》し問答をしている間に、フォワードのチームメイトは起き上がっていた。弾き飛ばされて頭を打ったようだが、脳震盪《のうしんとう》を起こしたわけではなさそうで一安心だが、大事をとって下がらせるべきだろう。

続いて誠也だが、街宮に弾き飛ばされる際に手でも当たったのか、目じりの横を切って血が出ている。一先《ひとま》ず、タオルで押さえさせて圧迫《あっぱく》止血をする。

これでは二人とも試合に出すわけにはいかない。

俺は、試合は続行不可能で、サッカー部チームの勝利でよいと申告しに行こうと歩みを進めた。

サッカー部チームは、王子様と助っ人高校生達はニヤニヤしているが、他のサッカー部員の面々は浮《う》かない顔をしている。親睦《しんぼく》という当初の名目が台無しになっていることに気付いていないのは、王子様だけだ。

そんなに俺に勝ったって実績が欲《ほ》しいならくれてやる。

そう思いながら、ニヤニヤした王子様達の前へ立つと、

「お～いたいた明日斗。どしたん？　サッカーの打ち上げ試合、もう終わったん？」

緊迫《きんぱく》した雰囲気《ふんいき》を切り裂《さ》く、緊張感のカケラもない言葉が投げかけられた。

「聡太……」

「応援《おうえん》に来てやったぞ、天彦もいるぞ～」

「うっす師匠」

聡太と天彦がピッチ横のフェンスに寄りかかっていた。

そうか、なんで思いつかなかったんだ俺！　この時間なら、みんながいるじゃないか！

「負傷者交代によりこの二人が出場する」

俺は、聡太と天彦の同意も取らずに、二人を指差しながら、そう王子様に申告した。

「だ、ダメに決まってるだろ！」

王子様は突如《とつじょ》現れた二人に、先程までの余裕たっぷりの顔を一瞬で歪《ゆが》ませ、動揺を隠せないでいた。

「なぜだ？　こっちも助っ人を呼んで問題ないって、さっき王子様が言ってただろうが」

「あ！　この人が噂《うわさ》の王子様か！　うわ〜動画でしか観たことないから、本人に会えるなんて感激！　状況はよくわかんないけど、是非参加させてもらうわ」

「状況はさっぱりわからないですが、要は師匠のチームに助っ人で入れってことですね。師匠に頼《たよ》ってもらえる日が来るなんて、感激の極《きわ》み。俺も全身全霊《ぜんれい》を尽《つ》くします」

聡太と天彦に意思確認《かくにん》もせずに助っ人参加を表明したが、どうやら本人達はやる気十分なようである。

「U－15の代表選手を二人も入れるなんて反則だ！」

「そんなルールはないし、高校生を助っ人で4人入れてるのに比べたらカワイイもんだろ。こっちは認めてあげたのにな〜」

先程自分が行ってきた無理《むりじ》強いが、そのままブーメランとして返ってきてしまった王子様は、反論することが出来ない。

「あ、もちろん高校生の先輩達は中坊相手だから、こっちは全力全開の手加減なしでいいですよね？」

「「「「…………」」」」


俺は、相手チームが引き出したかったであろう、U-15代表の助っ人には何かしらの制約を設けるという次善の策を、先回りして潰《つぶ》しにかかった。

こう言われると、高校生の側としては、年下の相手にハンデをくれとは口が裂けても言い出せない。

「じゃあ、天彦はツートップのフォワード、聡太は真ん中で試合再開ということで、お待たせしました。再開しましょう」

そう言って、相手方から反論や訴《うった》えを考える時間を与《あた》えず、なし崩し的に試合を再開する。

「な～んか面白いことになってるじゃないか」

聡太が心底愉快《ゆかい》そうな声で話しかけてくる。

「端的《たんてき》に今の状況を言うと、当日アポなしでグラウンドに王子様率いるサッカー部チームが交ざってきて、負傷者が出たとかで後半から高校生の助っ人が4名交代で入った。で、おかげでこっちは2名負傷者を出しちまったってところだ」

「アハハッ！　高校生の助っ人使うとか王子様必死すぎ！　どんだけ勝ちたいんだよウケる！」

「負傷者が出て困っているところに俺達が来たというわけですね、師匠」

「そういうこと……あ！　そういえば負傷した誠也達を放っておいたままだ」

「あ～それなら大丈夫《だいじょうぶ》だと思うぞ。プロがそっちは対応してるから」

「プロ？」

「俺とサッカー談義できるくらいのガチの奴《やつ》ですよ」

聡太の言うプロというのが何なのかわからず怪訝《けげん》そうな顔の俺に、安心しろとばかりの天彦の説明を聞いて、プロというのが誰《だれ》なのか得心がいった。じゃあ、誠也のことは問題ないなと、目の前の試合に全力で集中だ。

「二人とも思いっきりやっていいぞ。相手は高校生も交じってるから遠慮《えんりょ》はいらん」

「処刑《しょけい》タイムはっじま～るよ～♪」

「ぶっ潰す！」

頼《たの》もしすぎる助っ人達に、俺は全力全開の指示を出した。

目指す覚悟

ピッチラインの外側で、誠也《せいや》は出血した顔の左側を上に上げて寝転《ねころ》び、タオルで出血した箇所《かしょ》を押《お》さえて血が止まるのを待っていた。

「なさけ……ないっすね」

先程のプレー、街宮《まちみや》にビビッてボールと街宮の間に入るのを一瞬《いっしゅん》ためらってしまい、腰《こし》が引けた中途半端《ちゅうとはんぱ》な体勢で街宮と接触《せっしょく》することになったことを誠也は恥《は》じていた。

「試合はどうなったっすかね……」

自分がいなくては十中八九、試合は中止になっただろうと思いつつ、誠也は身体《からだ》を少し起こしてピッチを見ようとすると、

「動かないでください。頭を打ったかもなので念のため頸椎《けいつい》保護します」

「え、え？」

突如《とつじょ》、頭部の両こめかみが柔《やわ》らかいものに挟《はさ》まれて、誠也は自分が今どういう状況《じょうきょう》なのか、ちょうど止血をしているタオルが両目にかかっていたので、訳がわからなかった。

「吐《は》き気がするとか頭がクラクラするとかありませんか？」

「え……その声、沙耶《さや》さんっすか？　なんでここに」

「質問に答える。気分は悪くないですか？」

「あ……はい。大丈夫《だいじょうぶ》っす」

「受け答えも良し。脳へのダメージはなさそうですね。起き上がるのはゆっくりにしてください」

沙耶がそう言うと、頭部の拘束《こうそく》が解かれたので、沙耶の言う通りゆっくりと上半身を起こした。

沙耶はビニール手袋《てぶくろ》をつけて、ウエットタオルで誠也の顔や首元に流れて乾《かわ》き始めていた血の痕《あと》を拭《ふ》いてくれた。どうやら、沙耶が持参した救急セットのようだ。

「沙耶さん、ありがとうございます。あ、もう一人フォワードの人が負傷したんで、その子も」

「もう一人の方は、特に外傷もなく平気でしたよ。今はベンチで休んでもらってます」

「それは良かったっす」

「まったく……相変わらずあなたは周りのことばかり気にして自分は蔑《ないがし》ろにするんですから。サッカーでもあなたはそこが課題ですよ」

「ははっ……相変わらず辛辣《しんらつ》っすね。あ、そういえば試合はどうなったっすか？」

「ご自身の目で確認《かくにん》してください」

「試合は続行してるんっすね。スコアは……え、6－2!?　何が起きたんっすか!?」

「負傷した二人の代わりに、助《すけ》っ人《と》で屋敷《やしき》選手と神谷《かみや》選手が入ってくれました」

「あー、なるほどそれでか」

誠也がピッチを見ると、聡太《そうた》が高校生ディフェンダーからのプレッシャーを物ともせずに、正確にロングフィードのパスを空いたスペースに通し、そこに天彦《あまひこ》が駆《か》け込《こ》む。

天彦はガタイでは高校生に引けをとらないどころか、街宮すら圧倒《あっとう》する持ち前のフィジカルでガッチリとボールをキープして、鋭《するど》いセンタリングを上げる。

そこにビタッ！　とパズルのピースがハマるように足元へ吸い付くトラップでボールを制した明《あ》日《す》斗《と》が、難なく相手のゴールネットを揺《ゆ》らした。


スコアは7－2。


この世代最強の黄金のトライアングルを相手に、ただの高校生サッカー部員では到底《とうてい》太刀《たち》打《う》ちできるものではない。

明日斗一人を抑えるために人数をかければ、その分フリーになった天彦や聡太が躍動《やくどう》する。かといって、ワンマッチでどうこう出来る相手でもない。サッカー部チームはいわゆる、手詰《てづ》まりの状態に陥《おちい》っていた。


「ははっ……やっぱり凄《すご》いっすね。あの3人がいればもう大丈夫っすね」

「…………」

「自分の方はもう大丈夫なんで、沙耶さんも、もっと近くで観《み》てきたらどうっすか？　世代トップの選手のプレーを間近で観れるチャンスなんて早々ないっすよ」

「誠也先輩《せんぱい》は……それでいいんですか？」

「え？」

「ただ観ているだけで」

沙耶の真っすぐな目を見て、誠也は思わず目を逸《そ》らしたくなったが、思いとどまり、真っすぐに沙耶の目を見つめ返した。

なぜかはわからないけれど、ここの選択《せんたく》が自分の人生にとってとても大きな決断の分岐《ぶんき》に立っていると、本能のようなものを誠也は感じ取っていた。

今までのように表面上を取り繕《つくろ》おうとする自分のままなのか、それとも……

「俺《おれ》は……俺だって戦いたい！　彼《かれ》らの横に立って、一緒《いっしょ》に！」

「はい」

「サッカーはとっくに諦《あきら》めたつもりだった！　けど……けど、最近はどうにも気持ちが抑えられなくなってるんだ！」

「はい」

沙耶は、誠也の独白にただただ相槌《あいづち》を打ちながら、耳を傾《かたむ》け続けた。

「今は仮初《かりそめ》でもかまわない。でも、俺も彼らと一緒に」

「誠也先輩。顔、こっちに向けてください」

「……沙耶さん？」

「ちょっと沁《し》みますよ」

「ん……」

沙耶は、誠也の傷口をペットボトルの水でさっと洗浄《せんじょう》してタオルで拭くと、ワセリンを傷口に塗《ぬ》り込み、折りたたんだガーゼを当てて、包帯できつく頭を縛《しば》った。

「5分です。動いたらまた傷口から出血が始まるでしょうから、それが限界ですよ」

「ありがとう沙耶さん」

「沙耶でいいです……前から思ってましたが、先輩なんだから、さんづけで呼ぶのはおかしいです」

そう言って、沙耶はそっぽを向いた。

「タイツ、自分の血で汚《よご》しちゃったっすね。それに、血は苦手だって言ってたのに……」

沙耶は、脳の損傷の可能性を危惧《きぐ》して、誠也の頭部を太ももで挟んで、頸椎保護をしてくれていたのだ。そのため、黒タイツなので目立ちにくいが、沙耶の穿《は》いているタイツには誠也の血が滴《したた》ってシミになってしまっていた。

「気にしないでください。消耗品《しょうもうひん》ですから」

そう言って、沙耶はスルスルっと事もなげにタイツを脱《ぬ》ぎだした。

「ちょ！　ちょ！　沙耶、こんなとこで脱いじゃ駄目《だめ》だから！」

「血液感染のリスクもあるから脱いで処分した方がいいんです」

誠也は真っ赤になって顔を背《そむ》ける。

（この子は本当にサッカーのこと以外は抜《ぬ》けているというか放っておけないというか）

「自分のせいで処分しないとなんだから今度プレゼントさせて」

「誠也先輩、タイツの売り場へ一人で入れるんですか？」

「う……正直自信ないかも」

「しょうがないから今度付き合ってあげます」

「え……付きあ」

「タイツの売り場に一緒に付き合うって意味です。勘違《かんちが》いしないでください」

「あれ？　そういえば沙耶、いつのまにか言葉のつっかえ癖《ぐせ》が」

「あ……もうっ！　いいから早く行ってください！　時間ないって言ったでしょ！」

なぜ自分がサッカーの話題でもないのに誠也とは滑らかに話せたのか、自分でもその理由がわからない困惑《こんわく》を誤魔化《ごまか》すように、沙耶はグイグイと背中を押《お》して誠也をピッチへ送り出した。

◆

「ん〜」

「どしたん？　明日斗」

ピッチで立ち止まった俺に怪訝《けげん》に思った聡太が尋《たず》ねた。

「なんだか近くでラブコメの波動を感じた」

「波動を感じるってオカルトかよ」

「師匠《ししょう》、次はどうします？」

何気にサッカーのことには真摯《しんし》な天彦が、まじめに次の戦略について尋ねてくる。

「そうだな〜。相手は一応高校生でフィジカルはそこそこあるんだから、当たり負けしない練習でもするか」

「師匠、あれで練習になるとは思えんのですけど？」

そう言いながら、天彦が相手の方へチラリと目線を向ける。

助っ人高校生は息も絶え絶えという様子で喘《あえ》ぎながら、膝《ひざ》に手をついてピッチの芝《しば》を眺《なが》めていた。

「じゃあ、あえての正面ドリブル突破《とっぱ》で千切る練習に変えるか」

既《すで》に俺達はスコアはどうでもよく、それぞれ課題を持ちながら相手を体《てい》の良い練習相手として扱《あつか》っていた。

「はぁ……はぁ……仙崎《せんざき》……そ……相談があるんだが」

「…………」

「おい……せんざ」

「師匠はお前とはもう話すことはないってよ。話は俺が聞いてやるぞ、王子様」

息が絶え絶えの王子様を無視する俺との間に、天彦が割り込む。

「もう試合は終了《しゅうりょう》にしないか？　この点差では……」

王子様はチラリと後ろを見る。

いくらU－15世代別代表選手とはいえ、年下の選手にまるで歯が立たず大差をつけられていることに、助っ人高校生達が苛立《いらだ》ちを露《あら》わにしているのだ。

桜宮杯の開会式の時間が近付いてきたせいか、いつのまにかここ第3グラウンドの周りにもギャラリーが集まってきていたのだ。

ギャラリーの手前、逆切れして試合を放棄《ほうき》するという真似《まね》も出来ず、助っ人高校生は生き恥《はじ》を晒《さら》している真っ最中である。

「負傷者対応時のアディショナルタイムがたっぷりあるって聞いてるぞ」

「けど先輩達の機嫌《きげん》が……」

「お前が勝手に連れてきた先輩のご機嫌取りなんて知るかよ。とっとと配置につけ」

「うぐ……」

強面《こわもて》で県内屈指《くつし》の大物選手の天彦の剣幕《けんまく》に押し切られ、けんもほろろに断られた王子様は唇《くちびる》を噛《か》みながら、とぼとぼと戻《もど》っていった。

その様子を聡太は、やっと生で王子様が凹《へこ》んでいる様を見れたと大喜びだ。

と、そこに、

「すんません。戻ったっす」

「誠也、ケガは大丈夫なのか？」

頭に包帯を巻いてピッチに戻ってきた誠也に、俺は安堵《あんど》とともに心配する言葉をかけた。

「はいっす。沙耶に応急処置してもらったんで。5分間だけだぞって沙耶には念を押されてますが」

「ん？　沙耶の呼び方が……」

「あ……いや、沙耶がさん付けはおかしいってさっき……」

「ほ〜ん」

先程感じたラブコメの波動はこいつ等からか。

これは後で未央《みお》に報告せねば。

あれ？　沙耶が来てるってことは未央も来ているはずなんだけど、姿が見えないな。

「えーと、誠也君はミッドフィルダーなんだっけ？　じゃあ俺が交代するわ」

「すんませんっす。ありがとうございました、聡太君」

「王子様とプレーできたから楽しかったわ」

聡太はケラケラ笑いながらピッチを後にした。

「さて、誠也。そんなナリでもピッチに戻ってきたんだ。覚悟は出来てるんだな？」

「うっす」

「よし。トラウマをぶち破ってこい。天彦もカバーよろしく」

「了解です、師匠」

「アディショナルタイム残り5分。ぶちかますぞ」


「「おう！」」

◆

サッカー部チームの面々は、開いた点差と絶望的な格の違《ちが》い、そして何故《なぜ》か集まってきたギャラリーの目に羞恥心《しゅうちしん》を感じ、もはや試合どころではなかった。

「どうすんだよこれ！　みんなで楽しく芝のピッチでサッカーって話だったのに、勝手に独断で勝負を吹《ふ》っ掛《か》けるわ、高校生の助っ人いれるわ、そこまでしたあげくボロ負けしてふざけんなよ！」

「球技大会の決勝でボロ負けして、またボロ負けしてる様子を衆目に晒されて俺らに何か恨《うら》みでもあんのか⁉」

この部員達は王子様とクラスメイトでもあるため、球技大会での決勝戦に引き続き生き恥を晒されていることに不満が大爆発《ばくはつ》した。

「俺らはもう、お前のこと一切《いっさい》信用しないからな！」

サッカー部員の面々が、王子様の独断専行にとうとう堪忍袋《かんにんぶくろ》の緒《お》が切れた形だ。

ここまで面と向かって王子様へ拒絶《きょぜつ》の言葉を彼らが叩《たた》きつけるのは、王子様のヒエラルキーの地位低下が、一般《いっぱん》生徒だけでなく、身内であるサッカー部員にまで広がっていることを如実《にょじつ》に示すものであった。

「もうやってらんねぇ。後は、勝手にやれ。俺達は何もしないで突《つ》っ立ってるからな」

きびすを返して、宣言通りにピッチ上で腕《うで》を組んで棒立ちしているチームメイトを見て、王子様は文字通り頭を掻《か》きむしった。

「おい中川《なかがわ》、俺達も……」

「なんです？　先輩達は最後まで出てもらいますからね。でないと契約不履行《けいやくふりこう》ですからね」

頭をガリガリ掻きむしりながら、瞳孔《どうこう》が開いたような目で妖《あや》しく笑う王子様の異様さに、苛立っていた先輩達も思わず閉口してしまい、しぶしぶポジションにつく。

「ま、こちとら報酬《ほうしゅう》さえ貰《もら》えたらどうでもい……あ？　なんだ、誠也。そのなりでまた俺に弾《はじ》き飛ばされに来たのか？」

自分のマークについた誠也に気付き、街宮は内心安堵していた。

先程自分がマークした聡太を、街宮は正直まったく抑えきれず、好き放題にパスを出されてしまっていたからだ。

「ええ」

「わっかんねぇな。こんなお遊びの試合に何の意味があるってんだ？」

「俺にとっては、今後のサッカー人生を懸《か》けた大事なものなんで」

「ほぉ……何だかわかんねぇけど、そういうのでキッチリ相手の望まぬ方へ連れてって、現実をわからせてやるのは嫌《きら》いじゃねぇな」

「ええ。本気のあんたを超《こ》えなきゃ意味がないので」

「ぬかせ」

酷薄《こくはく》な笑《え》みを浮《う》かべた街宮を、誠也は迷いのない目で正面から見据《みす》えた。

そこへ、パスが自軍後方から供給される。

「おら、ぶつかってこ……い？」

誠也は、街宮お得意のチャージを肩《かた》をいなして衝撃《しょうげき》を逃《に》がした。

街宮が勢いあまってバランスを崩《くず》し、倒れこんできた身体を上手《うま》く手でガードしながら、裏へ抜け出した明日斗へ絶妙《ぜつみょう》なスルーパス。

やる気がない棒立ちのサッカー部チームのディフェンダーやゴールキーパーは、もはや三角コーンでしかなく、あっさりと躱《かわ》されてゴールとなる。


これで9－2。


「てめぇ誠也。さっきのは三味線弾いたのか!?　正々堂々ぶつかり合うんじゃねぇのかよ！」

「自分の仕事は前線の味方へ決定機となるパスを出すこと。あんたとぶつかり合ったり、守備するのは自分以外の誰《だれ》かがやればいい」

先程は、つい自分が街宮を抑えないといけないと、慣れぬフィジカル勝負を強《し》いられていた。

しかし、今は状況が違う。

「逃げてんじゃねぇぞ」

「点が取れるなら手段はこだわらない。フィジカルが弱いなら工夫《くふう》したり、得意な仲間に任せればいい！　スイッチ！」

「おうよ！」

誠也が大声で指示出しし、同時にドリブルで駆けだすと、正面から天彦が誠也に正面衝突するようなスピードで迫《せま》る。

（あのフォワードはフィジカルが鬼《おに》だ。こっちも腰据《す》えなきゃ弾き飛ばされて青天《あおてん》しちまう。いかに相手が世代別代表だからって、中坊《ちゅうぼう》に負けてられるかよ！）

街宮は、天彦との相対に備えて身構えた。

誠也は街宮に背を向けて走り、アウトサイドでボールをチョンッと触《さわ》り、天彦の足元へボールを置……かずに、細かく再度切り返してドリブルで切れ込んだ。

「は⁉」

「よう、おっさん、騙《だま》されたな。ったく、大したタマだよな。この俺を囮《おとり》に使うとかよ」

天彦に言われて、一拍遅《ぱくおく》れで街宮は自分が誠也に担《かつ》がれたことに気付いた。

スイッチ！　と誠也が声出しをしたことで、完全にスイッチでボールを受けた後の天彦への対処で頭がいっぱいになり、ただ誠也のドリブル突破を見送る形になってしまった。

「あの野郎《やろう》！」

反応が遅れたことに加えて、前方にいた天彦が邪魔《じゃま》となり、もはや、今から追いかけても間に合わないほど彼我《ひが》の差が出来てしまったが、必死の形相で街宮が誠也を追いかける。

チラリと後ろの街宮へ視線を投げた誠也は、明日斗へのラストパスを綺麗《きれい》に通した。

明日斗についた助っ人高校生ディフェンダーは二人。４人ですら完全には抑えきれなかった明日斗に対して、これではディフェンスの枚数が足りないことは、助っ人高校生自身が一番痛感していたので、いわんやという状況で、完全に諦めに支配されていた。

絶好の位置取りへの誠也の綺麗なパスと、明日斗の飛び出しによるトラップ。

この試合を観ていた誰もが、次の瞬間の明日斗の鮮烈《せんれつ》なシュートが相手ゴールへ突き刺《さ》さる様を未来視した。

が、明日斗は足裏でボールを地面に静止させ、自身もその場に留《とど》まった。

相手ゴール前でのありえない明日斗の行動に一瞬皆《みな》が硬直《こうちょく》したが、すぐに明日斗のシュートコースを塞《ふさ》ぐため、街宮を含《ふく》めた助っ人高校生が明日斗との距離《きょり》を詰《つ》めに走り始めた直後。

明日斗は、ノールックで横へアウトサイドキックでボールをはたいた。

その先には、完全にフリーになった誠也がいた。

明日斗は誠也の方へ視線を向けていないし、何も声は出していなかった。

けれど、誠也は明日斗のラストパスに、どんな言葉が込められているのか理解できた。

「最後はお前が決めろ」と。

試合に戻ってきていた時点で覚悟はとっくに完了していた誠也の一閃《いっせん》は、サッカー部チームのゴ

ールネットへ10回目の波を発生させ、直後に試合は終了となった。

「誠也やったじゃないか！　あのブラフは騙されるわ」

明日斗はゴールを決めた誠也に覆《おお》いかぶさって、バンバン背中を叩いて喜びの声を上げた。

「痛いっすよ明日斗くん。あ、天彦くん。こっちのスイッチのふり、よく意図を汲《く》んでくれたっすね」

「街宮に見えないように人差し指で自分を指してただろ、あれで十分伝わる」

「いや、今日初めてでその以心伝心っぷりはヤバいわ。案外お前ら、いいコンビになるかもな」

「そんな……自分はまだだなんっすから」

「名前、誠也って言ったか？　憶《おぼ》えとく」

「お、天彦が人の名前すぐ憶えるなんて珍《めずら》しいな。こりゃ、誠也の今後が楽しみだ」

天彦は嘘《うそ》がつけない質《たち》だから、サッカーに対して忖度《そんたく》なんて一切しない。これは、誠也が天彦のおメガネに適《かな》ったということで、明日斗はそれが何より嬉《うれ》しかった。

「う、うれしいっす」

「あ、誠也、包帯に血が滲《にじ》んでるぞ」

「え、本当っすか？……いや、大丈夫そうっすけど」

明日斗に言われて誠也は傷口付近の包帯を手で押さえてみるが、手は特に血で汚《よご》れてはいなかった。

「いやいや汚れてるって。ちょっと説明しにくい箇所なんだ。な？　天彦」

「いや師匠、別にどこも汚れてはい――」

「汚　れ　て　る　よ　な　？」

「は、はい師匠。うん、汚れてる汚れてる」

天彦がアセアセと同意の言葉を示す。

「包帯替《か》えてもらってこい」

「あ……はいっす！」

一目散に駆けていく誠也を見て、なんか初々《ういうい》しくていいなと明日斗が思っていると、

「おい中川！　最後まで付き合ってやったんだから、約束守れよな！　女の手配は大丈夫なんだろうな⁉」

ようやく苦痛の時間が終わった助っ人高校生達が街宮を筆頭に王子様に詰め寄る。

「こちらが先輩達に助っ人を頼《たの》んだ目的は、奴《やつ》らの醜態《しゆうたい》を動画に撮《と》るためです。これじゃあ目的の半分も達成できていないんですが……」

「⁉　バックレようってのか⁉」

「約束は約束だろうが！」

助っ人高校生達のボルテージが上がる。彼らとしても、最後まで公開処刑《しよけい》状態の試合に付き合わされたのだ。プライドの傷つき具合で言えば、年下にコテンパンにされた彼らの方が酷《ひど》いであろう。特に街宮は、最後の最後で下に見ていた誠也にしてやられたため、酷く苛立っていた。

「はぁ……わかりました。女の子と場の手配は後日ちゃんと設けますから」

街宮達の剣幕に押されて、王子様は仕方なくという感じで了承《りようしよう》する。

元より、女の子を何人か集めることは造作もないと思っているので、自分が先輩達の意を汲んで

折れたという感じを出すために、先程はわざと契約の履行を渋《しぶ》るような反応を示したのだ。

「バックレたら承知しねぇぞ」

街宮達助っ人高校生は王子様に凄んだ後に、そそくさと帰っていくのを見送って、王子様は思案に沈《しず》んだ。

王子様の事前の計画では、後半からサッカー部のメンバーが負傷したとウソをついてなし崩しに助っ人高校生をチームに入れて、球技大会のリベンジを果たし、その様子を動画におさめて校内に流布し、落ち目になってきた学内の地位を立て直す予定であった。

後半の開始早々は一時的にリードした場面もあったが、そこだけ編集で抜き出して使うか？　それともゴール部分だけ切り出せば格好《かっこう》もつくか？

よし、ともかく撮れ高はどうなっているのか確認するかと思った王子様は、動画撮影《さつえい》をしている負傷と偽《いつわ》って交代したサッカー部員達の方へ向かった。

「へぇ～、よく撮れてるじゃない」

「は……はい」

サッカー部員達の元へ来た王子様は、意外な来訪者に思わず固まった。

未央がサッカー部員の撮影した動画を観ていたのだ。

氷の令嬢《れいじょう》と言われていたのも今は昔で、気さくに話しかける未央に、サッカー部員もデレデレしている。

「観て観て。私も動画撮ったのよ。明日斗のシュートの瞬間、きれいに撮れたでしょ？」

「そ、そうですね」

桜宮杯東海リーグの開会式の前に、未央がこちらの会場に様子を見に来ることは想定していたが、来たとしても明日斗達の方へ行くはずだと王子様は思っていた。

「や……やぁ竹部さん。ど、どうしたんだい？　か、彼氏《かれし》のところへ行かなくていいのかい？」

王子様は緊張《きんちよう》から、震《ふる》える声で未央に話しかける。

この緊張は、久しぶりに未央と話せた喜びというよりも、己《おのれ》の企《たくら》みが露呈《ろてい》する危機への焦燥《しようそう》の方から来るものであるようだ。

「ええ。ちょっとあなたに用事があってね」

「な、なんだい？　さっきの試合の動画なら別に学校のネット掲示板《けいじばん》に上げたりなんてしないよ。だから君も……」

王子様は機先を制するために、聞かれてもいないのに、撮影した動画を公開する気はないと宣言した。

以前の王子様の地位ならともかく、先日の球技大会で失墜《しつつい》した現況では、校内の生徒がどちらを信用するかは自明であった。

自分の企ては完全に瓦解《がかい》したことを王子様は悟《さと》り、今回は完全に骨折り損となってしまったが、これ以上の地位の失墜を招くことがあってはならないと、王子様は損切りの判断をしていた。

「何の話？　あなたに言っておきたいことがあるの。それは——」

王子様は平静を装《よそお》いつつ、未央が先程の試合について積極的に周りに言い回る気はないという言葉に一先《ひとま》ず安堵したが、

「おい……中川。話がある」

険しい表情をしたサッカー部員達が、王子様に詰め寄ってくる。

「ちょうど良かった、僕《ぼく》の方も話がある。先程の試合の後半で無気力試合をしたことについてだ。あれは」

部員達に、サッカー部キャプテンとして、先程の態度を咎《とが》めなくてはならないと王子様は説教モードに入ろうとした。

「俺達が何に怒《おこ》っているのかすらわからないのか……やっぱり、もう駄目だなお前は」

しかし、サッカー部員達は王子様の言葉を遮《さえぎ》り、心の底から落胆《らくたん》したという顔でため息を吐くと、スマホを何やら操作した後に、王子様にスマホ画面を見せつける。

『女の手配は大丈夫なんだろうな⁉』

『わかりました。女の子と場の手配は後日ちゃんと設けますから』

王子様は目を見開いた。

その動画の内容もさることながら、当該《とうがい》の動画が既に学内の掲示板に投稿《とうこう》されたものであった。

「な……本人の同意もなしに動画を公開するなんて！」

王子様が激高するのと合わせて、未央も思わず、サッカー部員達の予想外の行動に驚《おどろ》きの声を上げる。

「罰《ばつ》を受けろというなら甘《あま》んじて受ける」

「お前のくだらない見栄《みえ》のために、あんな高校生連中に差し出される女の子がいるかと思うと、ミスミス見逃《みのが》す訳にはいかないと思ったから、広く周知する意義があると思って動画を公開したんだ」

「どちらにせよ、罰を受けたら、サッカー部として丸ごとの処分になるだろうけどな」

「どうするよ？　王子様」

サッカー部員達は完全に王子様と敵対する道を選んだ。これは、日頃《ひごろ》の尊大な振《ふ》る舞《ま》いの積み重ねが、とうとう決壊《けっかい》にまで追い込んでしまった結果だろう。

「そんな……僕は……。僕は悪くない、悪くないぞ！　みんながヘタだから僕は助っ人を頼む羽目になって……！」

「言い訳はそっちにでも書き込んだらどうだ」

サッカー部員から吐き捨てるように言われて、王子様は慌《あわ》てて自分のカバンからスマホを取り出す。通知が鳴り止まないスマホを手に、王子様は茫然《ぼうぜん》とした顔で、凄い勢いで流れていく掲示板のコメント欄《らん》を眺めていた。

「そういえば、さっきは言いそびれたけど、良い機会だから言っておくわ。アンタのそういうところ、ホント生理的に無理だわ」

はっきりとした拒絶の言葉を残して去っていく未央を、通知が鳴りやまぬスマホを握《にぎ》りしめながら、王子様はただ見送ることしか出来なかった。

◆

「なんか、いつのまにかギャラリーが来てたんだな」

「そろそろ桜宮杯の開会式の時間だからな。そっちから人が流れてきてるんだろ」

試合が終わってBチームの皆でねぎらい合ったりしてまったりしながら、俺がコートの周りにいつのまにか集まってきていたギャラリーを見渡《みわた》しながら呟《つぶや》くと、聡太が反応してくれた。

ギャラリーで観ていたと思われる人達を見ると、見覚えのあるクラブチームや学校のユニフォームを着ている人達が多い。

「明日斗、お疲《つか》れ様」

「おう。未央は何してたんだ？」

「ん〜、はっきり意思表示が出来なかった、氷の令嬢だった私とのお別れかな」

「ふーん、なんか格好良いね」

「ちょっと小馬鹿にしてない？」

試合終了後に、なぜかこちらではなく王子様達サイドへ未央が訪《おとず》れていたことと、スマホの掲示板アプリの通知が鳴り止まないので、未央が何かしらの呼び水になったと思われるが、あえて俺はそこに触《ふ》れないでおいた。

「あら？　そういえば沙耶は？」

「沙耶なら誠也の手当てしてくれてるよ」

「そう、じゃあ私もそっちを手伝いに……」

「いや、二人っきりにしてやってくれ」

誠也達が座っている芝の方へ向かおうとする未央を俺は引き留めた。

「あら、そういうこと。あの二人ちょっとは進んだのね」

「なんだ？　未央も気付いてたのか」

意外なことに、未央も誠也の沙耶への好意に気付いていたようだ。

「以前、沙耶が佐々木《ささき》君とは割と自然体で話せるって、ボソッと言ってたからね」

「なんだ、そっちか」

沙耶も誠也のことを憎《にく》からず思っているというのは朗報だな。がんばれ誠也。

「はいはい。二人で仲人好き熟年夫婦みたいな雰囲気醸《かも》し出してるとこ悪いけど、そろそろ時間だぞ」

「師匠、ユニフォームに着替《きが》える時間もあるんでそろそろ」

「はいよ。じゃあな未央、行ってくる」

「うん。開会式も観てるからね」

そう言って別れて、俺達は更衣室《こういしつ》へ急ぎ向かい、パパッと試合ユニフォームに着替えた。

天彦とはチームが違うので途中《とちゅう》で別れて、それぞれのチームの集合場所に向かった。

「遅《おそ》くなりました～」

「お疲れ様で～す」

いつものように登呂《とろ》ヴィナの皆のところへ合流して挨拶《あいさつ》をするが……

なにやら空気がおかしい。

何かこう……ピリピリしているというか……

この空気には幾度《いくたび》も憶えがあった。

つい練習中にフザけていたり、気を抜いてしまっていた時に、コーチから雷《かみなり》が落ちる直前の雰囲気というか……

「おい。明日斗、聡太。お前ら開会式前にずいぶん楽しそうに遊んでたそうじゃないか……」

最近前髪《まえがみ》が薄《うす》くなってきているのを気にするお年頃《としごろ》の、ジュニアユースクラブコーチが、腕組《うでぐ》み仁王《におう》立《だ》ちで射すくめるような鋭い視線を向けながら、俺と聡太に問いかけてくる。

「え、な、何のことですか？　あ……あれかな？　聡太君、あれ！」

「え!?　ああ～そうそう！　集合前にゲーセンで遊んでたんで、そのことですかね～？」

俺が咄嗟《とっさ》に聡太に言い訳を丸投げし、聡太が持ち前の頭の回転の速さで言い訳の言葉を繋《つな》げるが、

「ほぉ。県立体育センター第3グラウンドのことをお前達はゲーセンと呼んでいるのか？」

ぜ、全部バレてる～！

コーチの後ろで他のクラブメンバーがニヤニヤしている。

誰かが動画撮ってコーチにご注進しやがったな！

「元気が有り余ってるみたいだから、お前ら開会式が終わったら、がっつり走り込みトレーニングで追い込んでやる」

「「ひぇえええええ‼」」

こうして、俺と聡太は桜宮杯の開会式に元気のない顔で行進した。

ふと隣《となり》を見ると、俺達と似たような状況に陥ったのか、天彦も生気の抜けた顔で行進していた。

王子様達惨敗

「は！」

サッカー部顧問《こもん》の鬼頭《きとう》は、思わず声をあげる。

あわてて周囲や自身の格好《かっこう》を見渡《みわた》し、自身がサッカーコートのベンチにジャージ姿で座っていることを確認《かくにん》する。

「夢だったか……」

思わず鬼頭は独り言をつぶやく。日ごろの疲《つか》れから、ついうたた寝《ね》をしてしまっていたようだ。

あの日、校長室で仙崎《せんざき》の保護者に、けんもほろろに断られた日のことを、鬼頭はあの後何度も夢で見ていた。あの日から、鬼頭は目まぐるしい日々を送っていた。

担任の岡部《おかべ》が、個人情報の塊《かたまり》のような資料の紛失《ふんしつ》未遂《みすい》騒《さわ》ぎを起こしただけならまだしも、資料の捏造《ねつぞう》までしてしまったのはやはり大問題であった。

鬼頭も当該《とうがい》問題に最初から関《かか》わっていたことが災いして、岡部のしでかした不祥事《ふしょうじ》の後始末として、教育委員会での記者発表資料の準備に、仙崎本人と保護者への謝罪文作成、静岡《しずおか》県の仙崎の転校前の学校と教育委員会への校長謝罪の随伴《ずいはん》出張、事態を知った他の生徒の保護者からの苦情や問い合わせの対応と、愉快《ゆかい》でない仕事に忙殺《ぼうさつ》されていた。

なお、当の岡部は問題発覚直後から休職に入ってしまっている。今の岡部は、処分が下るまで教育委員会の人事課付となり、おかげで一人減員だ。

そして、岡部の本来担当する通常業務の他の教員への割り振《ふ》りもある。

これら問題への対処のため、残業続きでろくにサッカー部の様子を見ることが出来なかった。

いや、それだけが原因ではないか。

今のサッカー部は雰囲気《ふんいき》が最悪なのだ……

学内の球技大会で仙崎に中川《なかがわ》の頭を無理矢理下げさせてから、チームの中は不協和音が鳴りっぱなしだ。

無理やり頭を下げさせたのが中川のプライドをいたく傷つけたらしく、監督《かんとく》の自分との信頼《しんらい》関係は完全に破壊《はかい》されてしまった。

そして、部のエースと監督の不和だけではなく、夏休み前にさらなる問題が発覚する。中川は部活外でも問題を起こしたのだ。

ＯＢへ女子を斡旋《あっせん》すると発言している動画が校内に拡散され、中川はもちろん、他のサッカー部員も計画に手を貸したということで、またもや大問題になった。

夏休みだが保護者ともども呼び出し、聞き取りを行う。中川は、件《くだん》の動画を悪質な捏造であると主張したが、その後、他のサッカー部員達から提供された動画の元データからその嘘《うそ》もバレた。

他のサッカー部員達と当事者のＯＢが早々に白状したため、どちらにせよの話であったが。

結局、斡旋は未遂であったということで中川は厳重注意のみで、それに合わせて動画を公開したサッカー部員についても同様に厳重注意のみで済んだが、当然ことが収まるまでは部活動を行うことなど叶《かな》うべくもなかった。

「何はともあれ、今はこちらに集中だ」

鬼頭は気を取り直して、監督席のベンチからピッチを見渡した。

ここは、夏の中体連の県大会の会場である。

昨年度は、2年生エース中川の力で、県大会の上位まで駒《こま》を進めることが出来た。中川は、その後県選抜《せんばつ》のメンバー候補にまでなった。

単純な皮算用だが、中川が3年生となった今年は、間違《まちが》いなく好成績を残せる、自分が顧問をしてきた中で最高のチーム――。

のはずだった……。

球技大会の時の騒ぎといい、女子の斡旋未遂といい、問題ばかり起こすサッカー部ということで学内のサッカー部を見る目の冷たさは、目を覆《おお》いたくなるような惨状《さんじょう》だ。

おかげで県大会への応援《おうえん》はゼロ。エースは大会直前の大事な時期に練習できず、チーム員との信頼関係も壊《こわ》れきっており、監督とエースは不仲という、一切《いっさい》まとまりのないチームとなってしまった。

その結果、昨年度は優勝した地区大会でまさかのベスト4止まりとなった。

なんとか県大会にはギリギリ出場できたが、地区大会の結果からシード権は当然取れなかった。

そして、トーナメント組み合わせのくじ運の不運で、1回戦の相手は第1シードだった。

◆

「よう、王子様。この間ぶりだな」

1回戦の相手は、全国にも名を轟《とどろ》かせる久能山《くのうざん》中学校。

そのエースフォワードの神谷天彦《かみやあまひこ》が、試合開始前、直々《じきじき》に王子様へ話しかけていた。

王子様はうつむいて返事をしなかった。

「お前、他のサッカー部員が師匠《ししょう》にこっそりサッカーのアドバイス求めてるのを見て、金切り声あげたんだって？　俺《おれ》も見たかったわ」

ギャハハっと笑った天彦だが、目は笑っていなかった。

「やっぱ、その程度なんだなお前。上に行くなら、強くなるためにはどんな相手からも吸収する生《い》き汚《ぎたな》さが必要なんだよ。師匠と真正面から向き合ってたら、きっとお前のサッカー人生大きく変わってたぜ。俺みたいにな」

「………………」

うつむいて目を合わせようとしない王子様を見て、天彦はチッと舌打ちした。

「お前を見てると無性《むしょう》に腹立たしくなる理由がわかったぜ。お前は、俺が選ばなかったほうの選択《せんたく》肢を生きているからだ。あの日、世代別代表に初めて招集されて天狗《てんぐ》の鼻をへし折られて、それでも強くなろうと師匠に教えを請《こ》うことをしなかった俺だ。

あの時、今の選択をしなかった自分が目の前に存在してるとか怖気《おぞけ》が止まんねぇわ。今日は、俺のためにも徹底的《てってい》に叩《たた》き潰《つぶ》してやるからな」

天彦はそう王子様に言い捨てて、自陣《じじん》へ戻《もど》っていく。

天彦の言葉を受けて、先程《さきほど》からオドオドしていた王子様が、更《さら》に小さくなったようだった。

そして試合開始。

この日、王子様のチームは0－13と、県大会とは思えない点差で久能山中学にボロ負けして、全国の道はあっさり絶たれる結果となってしまった。

試合中にろくにボールにも触《ふ》れずピッチ上でオドオドしていただけで終わった王子様に、県選抜のセレクションや高校のスポーツ推薦《すいせん》の声がかかることは当然なかった。

王子様だった男

「席替《せきが》えのクジはみんな引いたか～？　じゃあ、黒板に書かれた番号へ移動しよう」

夏休みが明けた2学期。担任の岡部《おかべ》が学校に出てこなくなった後は、都度日替わりで空いている教諭《きょうゆ》が3年1組を担当していたが、夏休み中にようやく担任が決まり、ロングホームルームで新学期恒例《こうれい》の席替えが行われているところだった。

その若い快活な男性の臨時的任用教員は、今年度の教員採用試験に落ちてしまったので、来年度に向けてここで実績を積みたいんだ～と、2学期冒頭《ぼうとう》の挨拶《あいさつ》で生徒の俺《おれ》達の前であけっぴろげに語っていた。

しかし、年度当初から事故りまくっているこのクラスの担任を、よく事情も知らず経験も浅い臨任教員に任せるという人事はどうなんだろう？　と考えながら、俺は引いたクジの番号の席へ移動する。

俺は1学期は窓際《まどぎわ》の席だったが、今回は最前列の教卓《きょうたく》の真ん前の席になってしまった。別に授業中に居眠《いねむ》りするわけじゃないが、やはり窓際の方が開放感があるので残念だと思っていると、

「明日斗《あすと》～」

「お！　未央《みお》が隣《となり》の席か」

先に移動を済ませていた未央が嬉《うれ》しそうに話しかけてきた。

「えへへ、嬉しいでしょ」

「そうだな」

クラスはまだまだ前途多難《ぜんとたなん》かもしれないが、とりあえず俺の周りはバラ色が確定だ。

「授業中にノートの切れ端《はし》使った手紙のやり取りしようね」

「最前列の席なのにか？」

「だって……久しぶりに文通したいんだもん！」

未央は恥《は》ずかしそうにしながら、しかしはっきりと意思を表明した。

「教卓の目の前って先生からすると死角になるから、案外バレにくいらしいっすよ」

「佐々木《ささき》君、ナイスアシスト‼」

誠也《せいや》が俺の後ろの席へ荷物を置きながら、未央へゴマすりをしてやがる。さては、沙耶《さや》への好感度を上げるために、保護者の未央に取り入ろうって算段だろう。

「誠也が俺の後ろの席か。こりゃ2学期は勝ったな」

「何に勝ったんすか。球技大会はもう終わったっすよ」

軽口を叩《たた》きながら、誠也が席に座《すわ》る。

「これで沙耶達を含《ふく》めたお昼休みのお弁当会にも行きやすくなったわね」

「沙耶『達』って猫《ねこ》も含まれてるのかよ」

「あの子も大事なお友達《ともだち》よ」

未央が頬《ほお》を膨《ふく》らましている様に、俺と誠也が笑い合っていると、

「ぐすっ……えぐっ……」

不意に、後方の席から女子のすすり泣く声が聞こえ、席替えでワイワイガヤガヤしていたクラス内が、一斉《いっせい》に静まり返った。

「大丈夫《だいじょうぶ》？」

付近の女子が、泣いている女子の肩《かた》を抱《だ》いて慰《なぐさ》める。

「隣が……隣が……」

慰められた女子は、泣きじゃくりながら隣を指さす。

その先には、王子様が泣いているとも苦笑しているとも怒《おこ》っているとも取れる、なんとも形容しがたい表情で佇《たたず》んでいた。

「うわ……可哀想《かわいそう》……先生に言って席替えてもらった方がいいよ」

「駄目《だめ》だったら、お父さんお母さんに相談して学校に訴《うった》え出よ」

王子様だった男を汚物《おぶつ》を見るような目で一瞥《いちべつ》しながら、女子達はヒソヒソと言い募《つの》った。

「どうしたどうした？　中川《なかがわ》の隣はそんな嫌《いや》なのか？」

新担任はデカいよく通る声で、王子様の心をより抉《えぐ》りにかかる。この新担任はちゃんと、このクラス運営の申し送り資料を読んだのだろうか？

「じゃあ、中川は窓際の角の席の人と交換《こうかん》しよう！　あそこなら周りは男子しかいないし大丈夫

だ！」

窓際の角という絶好の席を取られた男子生徒は少々不服そうだったが、泣いていた女子に、「本当にありがとう……」とお礼を言われて照れくさそうな様子だった。

「よしよし、解決したな！　じゃあ、次は委員会決めをするぞ～」

空気を読まない強引《ごういん》な突破《とっぱ》力で事態を解決した新担任に呆気《あっけ》にとられていると、チョンチョンと未央が俺の肘《ひじ》を触《さわ》った。

触られた肘のあたりを見ると、小さく折りたたまれた手紙が机に届いていた。ノートの切れ端で作った二つ折りの手紙を開くと、

『この先生、多分来年も教員採用試験落ちそう』

と書かれていた。


『俺もそう思う』

と、すぐさま書いて返した。

俺達の記念すべき授業中の文通としては、あまりキュンキュンする内容じゃないな～と思っていると、すぐさま空気を読む気が一切《いっさい》ない新担任が、机に突っ伏《ぷ》していた王子様へ更《さら》なる爆弾《ばくだん》を投下する。

「中川～　元気出せ。夏休み中に、君のことを脅迫《きようはく》していた、ええと……そう！　街宮《まちみや》ってOB達なら、ちゃんと先生が相手の高校に乗り込《こ》んで話し合いをしてきたからな。彼《かれ》らは新学期早々停学処分が下ったそうだから、安心していいぞ」

新担任の爆弾発言に、机に突っ伏していた王子様はバネで弾《はじ》かれて飛び上がる人形のように顔を上げ、信じられないものをみるような目で、新担任を見た。

まぁ、王子様を脅迫していたなら、街宮をはじめ、あの時の先輩《せんぱい》達に学校側から処分が下るのは当然だし自業自得だろうが、これでは街宮達からの王子様へのヘイトがより先鋭《せんえい》化して、今後王子様は裏で酷《ひど》い目にあうであろうことが容易に想像できる。

「お、顔を上げたな。じゃあ委員会決めをするか。そうだ！　中川、いっそのこと学級委員やってみるか？　学級委員になれば、みんなと仲良くできるぞ」

いや、だから……1学期のクラスの状況《じょうきょう》について何も知らないのかよ！

と、皆《みな》が心の中で新担任に突っ込んでいると、不意に王子様は席からガタッ！　と立ち上がり、そのまま教室のドアを開けて走ってどこかへ行ってしまった。

「お、心を開かない不良生徒を追いかける熱血教師の図、先生一度やってみたかったんだよ。待て！中川〜！」

そう言って、新担任が廊下《ろうか》を駆《か》けていくのを茫然《ぼうぜん》と見送り、静まり返る残された俺達。

「案外あの二人、迷コンビなのかもな……」

俺がボソッと言うと、静まり返っていた教室内は、堰《せき》を切ったように笑いがそこかしこから上がった。

「あの見当違《けんとうちが》い熱血ウケる！　あれマジで素なの？」

「いや、あれはきっと新担任のクラス運営の正常化を見据《みす》えた高度な作戦なんだよ」

「地雷原《じらいげん》でタップダンスしてただけだろ〜」

「この問題クラスに、あんなヤバい教師を入れるとか、校長やけくそ人事すぎだろ～」

「校長、減給処分されておかしくなったんじゃね？」

新担任のぶっ飛び具合に、クラスの空気が少し良くなった感じがした。さっき、王子様の隣が嫌だと泣いていた女子も泣き笑いしている。

しかし、このロングホームルームの時間はどうすればいいんだ？　委員決めは必ず行わなければならないだろうから、放課後居残りで決めるなんて羽目になり、クラブへの練習に遅刻《ちこく》しちまう。それは勘弁《かんべん》願いたい。

「じゃあ、先生いないけど、時間もったいないし委員決めするか。まず学級委員やりたい人～？　自《じ》薦《せん》他薦問いませ～ん」

俺は、一番前列の中央の席というのもあり、教壇《きょうだん》に上がって議事進行役を買って出た。

後で思うと、この行動がいけなかった。

「は～い、仙崎《せんざき》君がいいと思いまーす」

「賛成～」

「私も賛成～」

こ、これはマズい。完全に言い出しっぺの俺に厄介《やっかい》ごとを押《お》し付ける流れになっている。

「いや、俺は今年転入してきたばっかりだし……」

俺は、転入生属性を上手《うま》く利用して逃《のが》れようとした。推薦《すいせん》を辞退する理由としては割と強いと思うのだが。

「女子の学級委員は、竹部《たけべ》さんがいいと思いまーす」

「校内一のお似合いカップルだもんねー」

「竹部さんが仙崎くんのことを支えてあげれば大丈夫だよー」

女子達のキャイキャイとした推挙に、未央はつい口元が緩《ゆる》んだニヤケ顔で、

「まぁ、明日斗が一緒《いっしょ》なら私はいいけど……」

と安請《やすう》け合いすると、クラス内は大いに盛り上がった。

はい、これで万事《ばんじ》休す。この空気では、他の奴《やつ》を推《お》して投票まで粘《ねば》っても、面白《おもしろ》がって俺と未央に票が集まるに決まっているので、無駄《むだ》な抵抗《ていこう》だろう。

「はい。じゃあ、男子の学級委員は仙崎明日斗が、女子の学級委員は竹部未央で良いと思う人は拍《はく》手《しゅ》をお願いします！」


パチパチパチッ‼


俺が半ばやけくそ気味に言うと、盛大《せいだい》な拍手が上がる。

担任はいないし王子様は投票不参加だったが、まぁ他は満場一致《いっち》だったので良いだろう。

高校受験

「もうすっかり冬ですな～婆様《ばあさま》や」

「そうですな～爺様《じいさま》や」

年が明けて3学期になり、温かいほうじ茶を飲みながら俺《おれ》と未央《みお》は相も変わらず、文芸部の部室で二人きりの昼休みを満喫《まんきつ》していた。

2学期は二人とも学級委員をやっていて意外と忙《いそが》しかったので、こうして昼休みにのんびりするのは久しぶりだ。

「冬といえば、今年は大きな行事があるじゃろ？」

「何じゃろうの～？　あ～チョコの期間限定お菓子《かし》が出るいい季節じゃの～　バレンタインは楽しみにしとれよ爺様や」

「いや、受験だろ（真顔）」

居間でぬくぬく爺さん婆さんコント終了《しゅうりょう》である。

「いきなり現実に引き戻《もど》さないでよ明日斗《あすと》」

「いや、未央。未《いま》だに志望校も定まってないとかヤバイだろ」

ほうじ茶の入った湯呑《ゆのみ》を傾《かたむ》ける未央には、まるで受験生特有の危機感や焦《あせ》りというものが感じられなかった。

「明日斗も自分の受験の心配しなさいよ」

「俺はクラブと提携《ていけい》してる静岡《しずおか》学院高校に推薦《すいせん》で１００億パーセント行けるからいいの」

「申し送り書類紛失未遂《ふんしつみすい》事件があったから、内申書《ないしんしょ》も忖度《そんたく》されてそうよね」

「だから、そんなのなくても受かるから。って、話を逸《そ》らすな！　未央は高校どうするんだよ」

「うーん、何かどこもピンと来ないのよね」

「フォルタン女学院はどうだ？　ミッション系のお嬢様《じょうさま》校」

「礼拝とか、かったるそう」

「氷の令嬢に似合いそうなのに……イテッ！」

「最近ようやく、そのキャラ忘れかけてたんだから、黒歴史を掘《ほ》り起こさないで」

頬《ほお》をふくらませた未央に机の下からスネを蹴《け》られた。レガース着けてないから普通《ふつう》に痛かった。

「じゃあ、鎌田《かまた》女学園は？　新設校の自由な校風で、私服登校できるぞ」

「私服登校とか毎日服選ぶのかったるそう」

かったるいって……うら若きＪＣがそんなメンタリティで良いのだろうか。

「後は、室谷《むろや》女学院とか」

「ねぇ。何で明日斗が薦《すす》める高校、みんな女子校なの？」

「そ、それは、その……」

「はは～ん……」

「な、なんだよ」

ニヨニヨしながら未央が、得心顔で俺の顔を覗《のぞ》き込《こ》む。

「明日斗は、彼女《かのじょ》を他の男の目に触《ふ》れさせたくないんだ～？」

「う……」

図星だった。俺と未央は高校ではまた離《はな》れ離《ばな》れになってしまうのだ。

遠距離恋愛《えんきょりれんあい》の寂《さび》しさにつけこむ、「どしたん？　話聞こか～？」男子の存在は決して侮《あなど》ってはならない。

脅威《きょうい》の芽は事前に刈《か》り取るのは、俺のサッカーマインドにも繋《つな》がっている。

「そ、そうだよ……悪いかよ……」

蚊《か》の鳴くような声で俺が言い返すと、

「ううん、嬉《うれ》しい♪」

パァッとお日様のような満面の笑顔《えがお》で腕《うで》に抱《だ》きついてくる未央にドキマギする。

「じゃあ女子校に」

「いや女子校は私は遠慮《えんりょ》しとくかな。それに、明日斗の危惧《きぐ》してることからすると、かえって悪手だと思うよ」

「なんで⁉」

「知ってる、明日斗？　女子校の方が、男子校との合コンやら文化祭招待し合うとかで、男女の出会いの機会が案外多いのよ」

「なんですと⁉」

「遠距離恋愛の彼氏《かれし》持ちで、女子にとっては安牌《あんぱい》の私は、広告塔《こうこくとう》としてきっと合コンに引っ張りだこね」

「あ……あ……」

くそ……女子校でも、どしたん？　話聞こか～？　男子に常識改変され、彼氏脳破壊《はかい》ルートがありやがるのか。現実はいつもフィクションの上を軽々と超《こ》えていきやがる。

「大丈夫《だいじょうぶ》大丈夫、ちゃんと良い考えがあるから。明日斗にも私にとってもね。って聞いてる？　明日斗」

うーん、遠距離恋愛でも、また前のように文通をしていれば大丈夫かと思ったが、いざ現実的に考えてみると案外俺の方が大丈夫じゃないかもしれない。

今後のことや、バッドエンドの悪い想像で頭がいっぱいになっていて、俺はその後の未央の言葉が耳に入ってこなかったのであった。

◆

1月下旬《げじゅん》、俺は静岡学院高校の推薦入試の試験会場に来ていた。

無事にクラブユースへの昇格《しょうかく》も決まり、高校生からはクラブの寮《りょう》で暮らすことになる。

クラブまで実家から通えない距離ではないが、この伸《の》び盛《ざか》りの時期はサッカー漬《づ》けの生活にしたいと前々から思っていたので、寮暮らしを選択《せんたく》した。

どうせ実家通いにしても、未央と会ったりする時間は大してないし。

クラブの練習場や寮から近い静岡学院高校はクラブと提携していて、サッカー絡《がら》みで欠席する際にも融通《ゆうずう》を利《き》かせてくれる。なので、クラブのユース生の多くは同じ静岡学院高校に通うことになる。

「よっ！　明日斗。受験本番で緊張《きんちよう》してるか？」

「聡太《そうた》か。結果が保証されてる勝負だから緊張なんてないさ」

「俺は正直、ちょっと緊張してる。プレゼン上手《うま》くいくかな……」

「今までは面接だけだったのにな」

俺達が受けるのは推薦入試になるのだが、今までは小論文と面接試験だけだったのが、今年度の入試から、プレゼンテーションの試験が課されるようになったのだ。


プレゼンのテーマは「自己ＰＲ」。


まあ、面接で一問一答で答えるより、プレゼンテーションの方が今後の人生で経験する機会も多いし、事前に準備が出来るという点は受験生にもメリットがあると言える。

プレゼンは事前にスライド資料を作成して持ち込み、プレゼンの後に試験官が何問か質問するという形式だ。

準備は万端《ばんたん》。一つ心残りだったのは、プレゼンの練習に未央が付き合ってくれなかったことだ。

ビブリオバトルでプレゼン慣れした未央にアドバイスを貰《もら》いたかったのだが、何やら未央は未央で忙しそうにしていたので結局機会がなかった。

「まぁ、なるようになるさ。こんなの世代別ワールドカップの時の緊張と比べたら楽勝だろ」

聡太と緊張を和《やわ》らげる軽口を叩《たた》きながら、俺達《たち》は受付を済ませて受験生控《ひか》え室《しつ》へ入った。

「うぽぁ⁉」

「うわ！　ど、どうした明日斗、変な声出して」

受験生控え室に素知らぬ顔で座っている未央を見て、俺は全くの予想外のことに変な声が出てしまった。

「お、未央ちゃんじゃん。え？　未央ちゃんも静岡学院受けんの？」

聡太の質問を無視して、俺は未央の方へ慌《あわ》てて向かう。

「なんで未央がここにいるんだ⁉」

「受験生控え室なんだから静かになさい、明日斗」

「なぜに氷の令嬢モード⁉」

「戦いは既《すで》に始まってるからよ」

未央はチラッと受験生控え室内にいる学校職員の方に視線を向ける。

「いやいや、質問に答えろ。なぜ、この静岡の学校の受験会場に未央がいるんだ？」

「なーなー、明日斗。お前マジで今知ったん？」

「まずは、聡太くんの質問に答えてあげたら？　明日斗」

聡太が空気を読まずに絡《から》んできているのを利用して未央が俺の追及《ついきゅう》をかわしてと、場がカオスになって収拾がつかなくなる。

「受験番号1番　仙崎《せんざき》明日斗さん。試験室前へ移動お願いします」

「ほら、呼ばれてるわよ明日斗」

「ぐぬぬ……」

そうこうしている間に、俺の試験の順番が来てしまった。

受験番号が筆頭なのは、クラブ提携校への忖度をした結果なのかもしれないが、俺にはマイナスに働いてしまった。

俺は後ろ髪《がみ》が引かれまくりながら、受験生控え室を後にした。


結局、受験生控え室でのことがあったため、俺のプレゼン試験は散々な出来であった。

別に言っちゃいけないことを言ったり、プレゼンタイム中に黙《だま》り込んでいたとかはしていないが、試験官の先生達が、しどろもどろな俺を見て、

『やっぱりサッカーが凄《すご》い生徒でも、所詮《しょせん》はただの中学生で緊張しているんだな』

という感じで微笑《ほほえ》ましいものを見るような目で見てきたのが、なんともやりきれない気持ちであった。

プレゼン試験が終わってすぐに未央を問い詰《つ》めようと、受験生控え室に早足で戻ったが、未央は部屋の中にはいなかった。

ちょうど入れ違《ちが》いで、未央の試験の順番のようだった。

「明日斗おつかれ～。いや～、未央さんから色々面白《おもしろ》い話が聞けて有意義だったな～」

聡太がニヤニヤしながら俺に話しかける。

くそ……受験会場でなければ、聡太のケツに蹴りをくれてやるというのに。

「慌てふためく明日斗なんて珍《めずら》しいものも見れたしな。おかげで緊張がどっかへ吹《ふ》っ飛んでいったわ。じゃあな明日斗」

言うだけ言って、聡太は名前を呼ばれたので、試験室へ向かった。

試験が終わったら速《すみ》やかに退室を、との案内だったので、俺は一先《ひとま》ず建物から出て正門前で待ち人が出てくるまで待っていた。

「おかえり」

「ただいま」

未央が出てきたので、俺と未央は連れ立って、最寄り駅まで歩いていった。なお、聡太を待つという選択肢《せんたくし》は俺の中にはまるでなかった。

「さて、話の続き……と言いたいところだが、もうどういうことかはわかってるんだよな」

「まぁ、受験会場にいたんだから、そういうことだってわかるわよね」

「まさか、静岡の高校まで追いかけてくるとは……」

「静岡学院って文芸部があって、結構盛んに活動してるみたいでね。駄目《だめ》もとだけど見学に行かせてもらったら、顧問《こもん》の先生が、わたしが優勝したビブリオバトルの中学生大会の動画観《み》てくれてて、この高校来ないかって誘《さそ》われたのよ」

「そういうカラクリだったのか」

「まぁ、私はスポーツ推薦じゃなくて一般《いっぱん》推薦での受験だから、確実に受かるってわけじゃないいんだけどね」

「そうなのか？」

「うん。そして、お父さんお母さんとの約束で、推薦の試験で落ちたら、縁《えん》がなかったと諦《あきら》めて地元の高校受けなさいって」

「え、そんなシビアなの⁉　静岡学院ってそんなに偏差値《へんさち》も高くないし、一般受験で受ければ未央なら絶対受かるだろ」

「県外の高校へ行くのは、あくまで文芸部での実績を買われたからだっていう体《てい》にして、筋を通さないとね」

受験のことを何も考えてないと思ってたけど、未央は色々考えてたんだな……

「けど、それならそうと言ってくれれば良かったじゃないか」

「私自身の人生の選択だから、明日斗の余計な重しになりたくなかったの」

「いや、受験当日にはバレるってわかってただろ。おかげで、俺の今日のプレゼン、ボロボロだったんだぞ」

俺は先程の自分の失敗を嬉々《きき》として語った。

ここにきて、未央と一緒《いっしょ》の高校に通えるという望外の未来があることに、俺は徐々《じょじょ》に実感が湧《わ》いてきて、正直、心が弾《はず》んでいた。

「明日斗は合格が保証されてるんだから大丈夫なんでしょ。私はどうなるかわからないし」

「未央は受かってるよ」

「いや、結構倍率も高いみたいだし」

「受かるよ。未央がどんだけビブリオバトルでプレゼンの経験値積んできたか、俺が一番よく知ってるし」

「うん……」

そう言って、しばし二人は黙ったまま駅までの道のりを一緒に歩いた。

その沈黙《ちんもく》は、恐《おそ》らく二人とも、この先の高校生活での妄想《もうそう》に費《つい》やされていることは、お互《たが》いわかっていた。

◆

「あと合格発表まで3分だな。って、未央ちょっとは落ち着いたらどうだ」

「あわわわ、緊張する緊張する緊張する」

試験から1週間後。

俺と未央は推薦入試の合格発表を一緒に見ようと、静岡学院高校へ来ていた。

ホームページでも合格発表は見られるのだが、そこはあえて現地で発表を見たいという未央の希望に沿った形だ。

しかし、当の本人はここにきて緊張のピークが来たようだ。

「落ちてたらどうしよう〜どうしよう〜〜」

「ここまで来たら覚悟《かくご》決めろ。お、掲示板《けいじばん》に人だかりが。あそこか」

「こわいこわいこわい。無理無理無理ムリ」

抵抗《ていこう》する未央を引きずり、俺と未央は合格者の受験番号が書いてある掲示板の前に立った。

俺の受験番号は1番なので、探すまでもなくすぐに視界に入ってきた。

はい、合格。

そんなことより未央の番号だ。

未央の受験番号は30番。
30、30、30——。
「あ……」

掲示板の前に立ったのに、怖《こわ》くて目をギュッと閉じている未央の肩《かた》に手を置く。

ビクッと未央は肩を震《ふる》わせる。

「未央……目を開けて」

俺の言葉を受けて、恐る恐る少しずつ瞼《まぶた》を開ける未央。

未央の視界に、30番の番号を指差して満面の笑みの俺の顔が映る。


「合格だ！　やったぞ未央！」

俺は未央の腰《こし》を担《かつ》いで、高々と未央をリフトアップした。

「やっ！　ちょ、ちょ……高い、高い！　怖い、怖い！」

俺は自分の歓喜《かんき》の声で聞こえておらず、未央をリフトアップしたままクルクル回った。

「も〜、合格を喜ぶ間もなかったじゃない」

ようやく地面に下ろされて、未央はプンプンと怒《おこ》っていた。

「ごめんごめん。けど、これでまた3年間一緒だな」

「そうね」

未央も徐々に実感が湧いてきたのか、紅潮した顔でこぼれるような笑みを見せる。

「別に高校まで追いかけてこなくても、俺はまた文通を続けるのでも良かったんだけどな」

「人を高々と空中に抱《かか》えあげて喜んでおいて説得力ないわよ、明日斗」

「さぁ？　そんなことしたかな〜？　お、合格者はこのまま事務室で入学用の資料を貰いに行くみたいだぞ。行こうぜ未央」

「あ〜！　さっきのなかったことにする気ね⁉　待ちなさ〜い！」

俺は照れ隠《かく》しで事務室の方へスタスタ歩いていった。無論、文通で満足云々《うんぬん》のところは本心じゃない。未央と一緒にいられる時間が延びたことに、手元でガッツポーズをした。

なお、先程《さきほど》の俺が未央をリフトアップして合格を喜んだ様子は、実は学校の広報の人のカメラにバッチリ撮《と》られていて、その写真が高校の入学式で配られた資料の表紙を飾《かざ》り、入学1日目にして俺と未央は全校生徒が知る有名カップルになってしまうことは、この時の俺と未央は知る由《よし》もなかったのであった。

幼馴染と一緒の文芸部

時は高校3年生になる前の春休み。

春休みの期間を利用したU－18日本代表の合宿が始まろうとしていた。

世代別の代表に選ばれるようになってから、最早《もはや》毎年の恒例《こうれい》行事である。

大体は代わり映《ば》えのしないメンバーだが、今回から初参加の、ある新顔と会うことを俺《おれ》は楽しみにしていた。

合宿所の門の前で待っていると、

「師匠《ししょう》～～！」

と、まずは見知った顔が来た。

「おう天彦《あまひこ》、久しぶり。何かまた身体《からだ》デカくなったか？」

「うちの学校の冬のトレーニング、ヤバいっすからね」

「久能山《くのうざん》高校の名物、地獄《じごく》の冬合宿だっけか」

「あれを乗り切ったんですから、今年こそプレミアリーグEASTでの優勝は貰《もら》いますよ。師匠のいないチームなら俺も遠慮《えんりょ》なく戦えます」

「ぬかせ！　登呂《とろ》ヴィナーレユースは俺なしでも十分強《つえ》えぞ。うちの連覇《れんぱ》だ」

天彦は中学卒業時に某《ぼう》Jクラブのユースチームからスカウトも来たらしいのだが、性《しょう》に合わないということで、結局地元強豪校《きょうごうこう》の久能山高校へ進んだ。

昨年は、全国高校サッカー選手権大会いわゆる国立の舞台《ぶたい》を制した、高校サッカー部の王者だ。

プレミアリーグは日本全国を東西で分けて、強豪高校サッカー部、ユースクラブで長いリーグ戦を戦いあい、東西の優勝チームで決勝戦を行い、勝った方が文句なしの日本一の高校生チームになる。

「明日斗《あすと》は、昨年度の途中《とちゆう》からトップチームと契約《けいやく》しちゃったからな。俺も会うの久しぶりだわ」

ジュニアユースから同じチームで、現在はユースチームのキャプテンの聡太《そうた》が話しかけてくる。

「あれ？　天彦。お前の高校のキャプテンは？」

「あいつなら便所じゃないですかね。代表初選出の緊張《きんちよう》でお腹《なか》痛いとか言ってたし。あいつ、サッカー部のキャプテンに選ばれた時も」

「天彦。代表初顔合わせなんっすから、いきなり便所にこもるキャラ付けとかしないでくれないっすか？」

「お～誠也《せいや》！　久しぶり」

「しばらく振《ぶ》りっす。明日斗くん」

俺と誠也は抱《だ》き合って再会を喜び合った。誠也も真新しい代表ジャージを着て嬉《うれ》しそうだ。

「まさか、誠也が久能山高校に入って、天彦とチームメイトになるとはな。そして今や久能山高校の10番でキャプテン」

「誠也は一般《いっぱん》受験入部組で4軍スタートだったっすけど、最初からコイツ持ってるなって俺は思ってて、目をかけてたんすよ」

「いやいや何を言ってんだ、天彦。俺は中学の球技大会で既《すで》に誠也のことを見出《みいだ》してたんだから、俺のが先だよ先」

俺と天彦が、誠也はワシが育てた論を交わしていると、

「明日斗が誠也くんを発掘《はっくつ》しちゃったから、うちのチームは今、プレミアで苦労してるんだが」

聡太がぶすくれているのはさておき、誠也との久方ぶりの邂逅《かいこう》を終えると、次に俺は誠也の横にいる小柄《こがら》な少女に視線を向ける。

「沙耶《さや》も久しぶりだな」

「お久しぶりです。けど、私の方は登呂ヴィナの試合欠かさず観《み》てるので、あまり久しぶりって感じはしないですけど」

相変わらずのサッカーマニアぶりである。

しかし、なぜ沙耶がここU－18代表合宿にいるかというと、

「テクニカルスタッフでの初招集おめでとう、沙耶」

「まだ見習い扱《あつか》いですけどね。精一杯頑張《せいいっぱいがんば》ります」

選手達と同じ代表ジャージに身を包んだ沙耶は、ふんっ！　と気合い十分だ。

「昨年度から久能山高校は高校組では無双《むそう》状態だよな」

「優秀《ゆうしゅう》なテクニカルスタッフがいるんで当然っすよ」

誠也が珍《めずら》しくストレートに自慢《じまん》する。

「はいはいご馳走様《ちそうさま》です。お前ら早く付き合えよ」

「部内での恋愛《れんあい》はご法度《はっと》なんっすよ！」

「ヘタレキャプテンめ」

俺の軽口に、誠也と沙耶は顔を赤くする。

「それにしても、沙耶がまさか久能山高校へ進学するなんて、最初に聞いた時はびっくりしたぞ」

「自分もっす……沙耶ならそれこそ最上位の進学校だって選び放題の成績なのに」

誠也が、自分のために申し訳ないという顔をしている。

「中学で明日斗先輩《せんぱい》から選手目線の話が色々聞けたので、高校では、データ分析《ぶんせき》した結果を実際に戦略を試合に反映させるアウトプットの経験が必要だと思って」

「それで、高校サッカーの強豪の久能山高校を選んだってわけか」

「はい。今だから言っちゃいますが、久能山高校の入試の時に、私は高校卒業後に国内最難関校の東帝《とうてい》大学に確実に合格できる学力があるので、東帝大学の進学実績が学校として欲《ほ》しいなら、サッカー部へテクニカルスタッフとして私を入れるように取り計らってくださいと、中3で受けた東帝大模試でA判定とった成績表を片手に、高校側に交渉《こうしょう》したんです」

「「すご‼」」

どうやら誠也の心配は杞憂《きゆう》であったようだ。

小動物のような見た目に反して、サッカーのこととなると沙耶は本当にアグレッシブだ。

ちなみに東帝大サッカー部のテクニカルスタッフは規模も設備も人材レベルも、その辺のプロクラブより充実《じゅうじつ》していることで有名だ。

きっと沙耶なら、日本一の頭脳集団の中で揉《も》まれて、自分の夢へ突《つ》き進んでいくだろう。

「最初、部内では女のテクニカルスタッフなんてって感じだったけど、すぐに選手はおろか監督《かんとく》も頼《たよ》りにするようになりましたからね」

「沙耶が自分よりも先に1軍に定着して活躍《かつやく》してるのを見るの、正直焦《あせ》ったっすね……」

天彦が当時の久能山高校サッカー部の様子を語ると、誠也も当時を思い出したのか遠い目をする。

「そうじゃん、沙耶ちゃんも明日斗が見出した人材じゃん。見出すだけ見出して、全員よそに人材流出とか勘弁《かんべん》してくれよ」

「まあまあ。代表的には、有力選手やテクニカルスタッフが増えた方がいいだろ。もっとデカい視点で見ろよ、聡太」

「俺にチームのキャプテン押《お》し付けやがって」

「しょうがないだろ。上で定着しちゃったんだから」

俺は既にトップチームと契約して、プロの試合に出ているので、一足先にユースは卒業してしまった。

最近は、周りは年上の大人ばかりだから、こうして同年代に囲まれてると落ち着く。

「師匠は俺らの一歩先をいっちゃってますからね。けど、必ず追いついてみせます」

「明日斗世代とかサッカー雑誌に書かれてるけど、明日斗のオマケ扱いは御免《ごめん》だからな」

「自分もいける所まで肩《かた》を並べていたいっす」

「私も先輩みたいに自分の夢にまっすぐ突き進んでいきます」

「よし！　じゃあ行きますか」

俺の号令を合図に、闘志《とうし》みなぎる若武者達は意気揚々《ようよう》と合宿所の門をくぐる。


ピリリリッ！


「あ、やべ。先行っててくれ」

他の皆《みな》はズコッと出鼻《でばな》を挫《くじ》かれたように傾《かたむ》いた。

そんな4人には目もくれず、明日斗はいそいそとスマホを片手に物陰《ものかげ》の方へ走っていってしまった。

「氷の令嬢《れいじょう》からの呼び出しか」

「その呼び名で呼ぶと、めっちゃ怒《おこ》るから本人の前で言っちゃダメっすよ。それに中学卒業する頃《ころ》には氷の令嬢の面影《おもかげ》なんて影も形もなかったし」

「まさか彼女《かのじょ》までが追いかけて静岡《しずおか》県の高校に進学してくるとはね」

「よく親が許してくれたよな」

「親と交渉してチャンスを勝ち取ったんだって、竹部《たけべ》先輩は言ってました。だから、あなたも自分の思う道を進みなさいって言ってくれたから、私も大変だったけど久能山高校を選んだんです」

「ビブリオバトルだっけ？　中3で全国で賞取ったんだよな」

「県大会と全国大会の前は明日斗くんがつきっきりで練習付き合ってたみたいっすよ」

「愛だね〜」

4人は明日斗と未央《みお》のことをボヤキ、苦笑いしながら合宿所の門をくぐっていった。

◆

「公園って、緑《みどり》ケ丘《おか》公園ってので合ってる？」

『うん、そうそう。あ、見えた！　おーい！』

俺は合宿所の近くの公園に、電話で未央に呼び出されていた。

大きな桜の樹《き》の下で待ち合わせ、相手の未央が手を振っている。

桜はちょうど満開のようだった。

「春休みだからって何も他県まで来ることないのに」

「合宿や遠征《えんせい》で明日斗、ほとんどクラブの寮《りょう》にも実家にもいないじゃない。だから、せめて始まる前に一日会っておきたくて」

「ありがとう」

「どういたしまして」

クスッと花咲《さ》くように笑う少女を見て、かつて氷の令嬢なんてあだ名がついていたことを、誰《だれ》が想像できるだろうか。

「そういえば、次のビブリオバトルの本は決まったのか？　テーマは告白、だっけ」

ビブリオバトルにはテーマが予《あらかじ》め決まっていて、それに沿った本を選ぶというのもあるのだ。

「うーん、まだ考え中」

「じゃあ、華《はな》より紅《あか》くはどうだ？　未央が俺に初めて薦《すす》めてくれた本。ラストの夏帆《かほ》の告白シーン、可愛《かわい》かったよな～」

文芸部の部室で初めて未央が薦めてくれた恋愛小説。

今思えば、あれが未央のビブリオバトルへの第一歩だったのかもしれない。

「あのさ、明日斗」

「ん？」

「私達《たち》って付き合ってるんだよね」

「は？　3年も付き合ってて今更《いまさら》何言ってるんだ？　高校まで押しかけてきといて」

1年でお別れなんて絶対に嫌《いや》だと未央は頑張って来てくれた。おかげで、本当に楽しい高校生活を送らせてもらっている。

「違《ちが》くて！　あのね……今回のテーマの告白っていうので改めて思い返してみたんだけど、私達って両方とも告白してなくない？」

「ん？　俺が球技大会後の学内放送でぶちかましたじゃん」

「あれは、文芸部は明日斗と私の愛の巣だから近付くなって言ってただけじゃない」

「そうだったっけ？」

何しろ3年ちかく前だから記憶《きおく》も不確かだ。

「そうなんです！　その後は、クラスでもお互《たが》いデレデレ甘々《あまあま》だったから、周りも完全にカップルとして扱ってたけど」

「まぁ、欧米《おうべい》じゃ告白とかあまりしないみたいだし」

「ここは、日本です〜！　さ、いい感じの桜の樹の下だし、告白するには良い場所だと思わない？」

「それで、この公園を指定したわけか」

「あくまで検証ね！　ほら、作家の人が取材するみたいなものよ」

「うーん、今さらあらたまって告白するとか恥《は》ずかしいな」

「私も自分で言い出しておきながら、私も今さら恥ずかしくなってきた……」

二人してテレて顔を赤くする。

「じゃあ、するぞ」

「うん」

未央は照れた顔を引き締《し》めて、公園の丘の上にある桜の樹の下に立った。俺は、少し離《はな》れた未央の真正面の位置に立つ。

「未央」

「はい」

満開の桜の木からの桜吹雪《さくらふぶき》を背景に、期待したような、はにかんだ笑顔《えがお》で俺を見上げる未央を見て、ドキリとしてしまった。

その動揺《どうよう》が思わぬ自分の中の衝動《しょうどう》を口から吐《は》き出させる。

「俺と結婚《けっこん》してください」

「は……い？　…………へ？」

「え⁉　あれ……俺……なんで⁉」

不意打ちを食らって未央が戸惑《とまど》っているが、俺も盛大《せいだい》に動揺してしまった。

なぜ今、プロポーズの言葉が口をついて出てしまったのか、自分で自分が、本気でわからなかった。

「は⁉　告白が……へぇ？　あれ？　でも、ただの検証だから……冗談《じょうだん》……なんだよね？」

未央が動揺しながらも、笑いながら助け舟《ぶね》を出すように、冗談で済ますような方向へ話を持っていこうとしてくれた。

それが、最善手の選択肢《せんたくし》なんだろうとはわかっていた。

けど、またしても俺の胸の中の衝動は理性的な道を選ばなかった。

「いや本気だ。俺もプロになって自立できたから、俺のために頑張ってついて来てくれた未央の人生背負ってみせるから……」

言いながらドックンドックンとうるさいくらい、心臓の鼓動《こどう》が鳴っていた。

きっとワールドカップの舞台に立っても、ここまでは緊張しないだろうというほどの心拍《しんぱく》数だ。

「だから、結婚してくれ」

「………」

俺が言葉を言い切ったあとに、二人の間を静寂《せいじゃく》がつつむ。

先に沈黙《ちんもく》に耐《た》えられなくなったのは、もちろん俺の方だった。

「じ、じゃあ、合宿の集合時間だから。またな!」

沈黙の間に多少の冷静さを取り戻《もど》すと、今更ながら勢いで言ってしまったプロポーズの恥ずかしさが頭の中を駆《か》け巡《めぐ》り、俺は未央の返事も聞かずに、一目散に公園の丘を駆け下りていった。

◆

U－18日本代表の合宿が終わると共に春休みが終わる。

結局、あれから未央から何も連絡《れんらく》が来なかった。

俺は合宿中、そのことが気になりすぎて、らしくないプレーミスを連発して皆にからかわれた。

メンタルの乱れがこんなにも身体に影響《えいきょう》を及《およ》ぼすのだということを、強心臓を自負していた俺は初めて体験することとなった。

今日から新学年の高校3年生。

そういえば、ちょうど3年前の今頃《いまごろ》は、学校の校門の前で未央と待ち合わせしたんだよな。

そんなことを考えながら、俺はちょっぴり期待しながら高校へ向かったが、校門の前に未央はいなかった。

「まぁまだ早い時間だし……」

俺は震《ふる》え声で自分に言い聞かせながら、下駄箱《げたばこ》へ向かう。

新しいクラスの下駄箱。

ふと、既に登校している生徒の靴《くつ》が視界に入った。

俺は急いで上履《うわば》きに履き替《か》えて、廊下《ろうか》を走る。

校舎の端《はし》にひっそりとある【古典準備室】の札が掲《かか》げられた教室の前に、俺は息を切らせて到着《とうちゃく》した。

息を無理やり落ち着かせて、俺は意を決して古典準備室、いや、文芸部の部室の扉《とびら》を開く。

中に入ると、清楚可憐《せいそかれん》で令嬢のような少女が、春風に長い髪《かみ》をなびかせながら文庫本を、物憂《ものう》げに読んで……

などいなくて、仁王立《におうだ》ちの未央が窓側に立っていた。

「文芸部なんだから、もうちょっと春の文学少女のイメージとかあるじゃん……仁王立ちって」

自分が描《えが》く想像した絵と違いすぎて、思わずいらぬことを口走ってしまった。

「明日斗、いつもそれ言うわね。っていうか、部では部長って言いなさい」

「はい部長。部長はここで何してたんですか？」

「ビブリオバトルの練習」

「ぶれないな〜」

「新作だから付き合いなさい」

「はいはい」

高校では別に部活動への入部は強制ではないのだが、俺はユースクラブの許可を貰って、文芸部に入っているのだ。

一先《ひとま》ず、プロポーズのせいでギクシャクしていたという感じにならずに済んだことに安堵《あんど》しながら、いつものように俺は観衆の質問役に就《つ》く。

そしてプレゼンターの未央は演台に立ち、目をつぶって本を片手に精神を集中して、やおら目を見開くとタイマーのスイッチを押した。

「私が本日紹介《しょうかい》したい本は……」

ここで未央はいつもとは違い、本のタイトルを言う前に一呼吸置いた。

「『家族になろう』です。この本は、キャア！」

俺は感極《かんきわ》まって、未央を抱きしめた。

「ちょ、ちょっと明日斗……まだプレゼン中」

「げ……げっごんじで……ぐれるの？」

俺は、感極まりすぎてグッズグズに涙《なみだ》が出てきてしまった。

ずっと合宿中、勢いでプロポーズしたことを思い出しては悶々《もんもん》としていた。それが嘘《うそ》のように晴れた解放感からなのか、俺の涙腺《るいせん》は馬鹿《ばか》になってしまったようだ。

「もう……せっかくプレゼンの最後で『プロポーズ、お受けします』って締めくくろうと、私、家ですごい練習したのに」

未央が目尻《めじり》に少し涙を滲《にじ》ませながら、俺のことを優《やさ》しく抱き返す。

「ごめ……でも、タイトルだけでわかったから。俺、こんな泣けると思ってなかった」

「俺が泣くのはワールドカップで優勝した時だけだって言ってたのにね」

子供がベソをかくように泣いている俺を、泣き笑いで未央がちゃかしながらも、未央は俺の背中をヨシヨシとさすってくれた。

「未央と家族になった人生の魅力《みりょく》なんて、今更プレゼンしてくれなくても俺はわかってるし」

「そうだね。私も5分間のプレゼンタイムに、内容を凝縮《ぎょうしゅく》するのが大変だったわ。あ、でも明日斗と私が家族になった未来についても語るプレゼンがあったんだけど」

「それについては俺も聞きたいし話したいな」

ようやく涙が引っ込《こ》んでくれたが、泣き腫《は》らしてヒドイ有様のまぶたを拭《ぬぐ》いながら俺は、居住まいを正して、椅子《いす》にしっかり座り直した。

「ディスカッションタイムは私のプレゼンの後でお願いしま〜す」

結局、5分のプレゼンタイムの終了《しゅうりょう》を告げるタイマーの音が鳴っても、ディスカッションタイムの終了を告げるタイマーの音が鳴っても、いつまでも二人の話は尽《つ》きなかったのであった。

【終わり】

あとがき

まずは、初めましてのご挨拶《あいさつ》を。私、マイヨと申します。

以後、お見知り置きいただけると幸いです。

本作は2022年サッカーワールドカップカタール大会の開催に合わせて、Webに投稿《とうこう》してみようと思い立ち、ある種のお祭りに参加するような気持ちで書いた作品です。

まさか、その作品がこうして皆様《みなさま》のお手元に書籍《しょせき》という形で届くようになるとは、Web投稿当時は考えもしておらず、望外の幸せを噛《か》み締《し》めております。

書籍化に際し、Web版には無かったエピソードや新規キャラクターにより物語の世界が広がっていく様に、著者である自分自身が早く続きが読みたくてワクワクしながら書きました。


さて、本書では静岡《しずおか》県の地名が出てきますが、実は著者である私自身が、主人公の明日斗《あすと》と同じく、子供の頃《ころ》に親の仕事の都合で静岡県に数年間住んでいた事があるからなのです。

作中に出てくる、明日斗が所属している登呂《とろ》ヴィナーレの登呂は『登呂遺跡《いせき》』、天彦《あまひこ》や誠也《せいや》、沙耶《さや》が通う久能山《くのうざん》高校の久能山は『久能山東照宮《とうしょうぐう》』といった、当時私が住んでいた付近の観光名所から名前を拝借させてもらいました。観光名所ですが、子供の頃はよく友達《ともだち》と遊び場にしていたんですよね、懐《なつ》かしいです。

遊びと言えば、静岡という土地柄故《がらゆえ》か、サッカーもやはり盛《さか》んで、小学校での昼休みの遊びは無論サッカーで、ゴール付近が使えない時はグラウンドの片隅《かたすみ》でサッカーテニスなる遊びを自分達で考案して遊んでいました。

サッカーテニスは、田んぼの田の字で4マスを作って1マスずつに1人が配置され、あとはテニスの要領でサッカーで使える身体《からだ》の部位だけを使って、ボールを他のマスへ返球するという遊びです。この遊びが、自分のサッカー好きの原点だったなと、この後書きを書いていて思い出しました。

小説は、読んでいる時、書いている時は、現実の立場をひと時だけ忘れさせてくれます。

この後書きを書いている時点の私は、まだまだ手のかかる2児の父親で、日々を忙《いそが》しく過ごしていますが、この作品を書いている間だけは中学生の自分に戻《もど》ることが出来ました。

本作を読んでいただいた皆《みな》さんに少しでも、当時はこんなことが楽しかったなというノスタルジーを想《おも》い出すきっかけになれば、嬉《うれ》しいなと思う次第です。

それでは、またどこかでお会いできることを期待して、後書きの締めとさせていただきます。

2023年8月某日《ぼうじつ》　本書の刊行のために御尽力頂いた全ての方々に感謝を　マイヨ

U-15サッカー日本代表だけど部活は幼馴染と一緒の文芸部です

2023年11月5日　初版発行

著　　者　マイヨ

イラスト　細居美恵子

発 行 者　山下直久

発　　行　株式会社 KADOKAWA
〒102-8177　東京都千代田区富士見2-13-3
電話 0570-002-301（ナビダイヤル）

編　　集　ゲーム・企画書籍編集部

装　　丁　ムシカゴグラフィクス

D　T　P　株式会社スタジオ２０５ プラス

印 刷 所　大日本印刷株式会社

製 本 所　大日本印刷株式会社

ISBN978-4-04-737575-8　C0093

本書は、小説家になろうに掲載された「U-15サッカー日本代表だけど部活は幼馴染と一緒の文芸部です」を加筆修正したものです。